漫時光

成何體統

七英俊 著

·中卷·

高寶書版集團

目錄

第十章　冷宮計

庚貴妃派人去毒淑妃，竟然還被抓了現行，這可是不可多得的戲碼。

後宮看似平靜的水面下早已暗流洶湧，貴妃殿附近的草間樹後藏滿了太監、宮女，全是各方派來打探消息的。

這些一線八卦群眾目送著皇帝走入貴妃殿，關起門來，說了一陣子話。然後又頂著驕陽守了半晌，愣是沒聽見動靜，正自汗流浹背、抓耳撓腮，忽然聽見模糊的瓷器碎裂聲。

來了！

吃瓜群眾伸長了脖子去聽。貴妃殿內不斷傳出刺耳的雜訊，彷彿所有器具物件都被毀了一遍。

踹門聲響。

只見一人披頭散髮，大步流星地疾行而出，嘶聲道：「來人！」

偷聽的慌忙縮回腦袋，冷汗涔涔而下。

皇帝一身黑色的龍袍半褪，鬆鬆垮垮掛在一邊肩上，露出了中衣，狀若瘋癲，「將庚嬪拖去冷宮關起來！」

庚嬪？吃瓜群眾暗記於心。

侍衛領命而去，貴妃殿中一道尖厲的女聲響起：「我看誰敢！」

庚晚音被侍衛一路拖曳出來，一雙鞋子都掉了，臉上淚痕斑駁，沖花了新妝。

夏侯澹似笑非笑，「誰敢？妳在質疑朕嗎？」

庾晚音沒有絲毫退讓，一改平日嬌癡無邪的做派，鳳目圓瞪，竟顯得咄咄逼人，「陛下，你會後悔的。」

八卦群眾膽都要嚇破了。這也玩太大了吧？

可惜這一次，她再也換不來君王的青眼。

夏侯澹搖晃著走過去，一腳踹翻了侍衛，「誰才是這裡的主子？」

夏侯澹道：「誰！」

侍衛跪地道：「陛下是主子。」

「那朕說拖她去冷宮，聽不見嗎？」

夏侯澹親自監工，看著庾晚音被打入冷宮，又吩咐道：「將門窗全部釘死，留一隊侍衛看守。朕不發話，都不許送食。」

連續幾天，無人送飯。

庾嬪失寵已成了板上釘釘的事實，前來圍觀的太監、宮女日漸稀少。餘下兩三個持之以恆的，後來又得見一齣好戲。

冷宮年久失修，大門有一處透風的破洞，外頭有侍衛值崗。

這一天，那破洞裡冒出一個人影。

只見平日杏眼桃腮、美豔無方的庾嬪，愣是餓成了面如死灰的人乾，牽線木偶般僵硬地拖著身子挪將到洞口，跪地磕頭道：「幾位大哥行行好，給點吃的吧。」

侍衛充耳不聞。

庾嬪又道：「煩請大哥遞個話，就說我錯了，晚音真的錯了……」

侍衛仍是不理。庾嬪跪著跪著，似乎沒有力氣再爬起來，就此一頭栽倒，躺在門後。

過了許久，皇帝身邊的安賢公公來了，遞給守門的侍衛一個破碗。

侍衛轉手將碗送進洞裡，道：「吃吧。」

地上那具不知生死的人乾動了動，掙扎著捧起碗，喝了幾口黏糊糊的冷粥，流著淚道了聲謝，抱著碗挪了回去。

庾晚音端著破碗走進室內，順手便丟在一旁，嫌棄地抹了把臉。

侍女已經端來熱水等著了，「娘娘請淨面。」

庾晚音洗掉臉上的死人妝，露出底下紅潤的臉色，百無聊賴道：「唉，今天幹點什麼呢？」

侍女笑道：「北嬤嬤送了些水果零嘴來，還有幾本書。北嬤嬤請娘娘少安毋躁，挖通地道還需三五日，到時陛下就來看娘娘。在那之前，只有北嬤嬤的身手能潛入此間而不被發現。」

侍女道：「哦，還有，方才有人從後院遞進來這個，想是買通了後門的侍衛。那人還說，娘娘若是有什麼消息要遞出，可以寫在紙條上交予他。」

她亮出一個小包裹。

庾晚音打開一看，是一些乾糧，還有一隻玉雕王八。

端王終於出手了。

夏侯泊前腳讓庾晚音去查那高手，後腳就聽聞留作眼線的小眉死了。

世上沒有如此巧合的事，一定是庾晚音幹的。

他對她的期待值已經降至冰點。

後來又聽說，庾貴妃因為後宮爭寵被降為庾嬪，還關了禁閉——怎麼聽都是演的。夏侯泊知道庾晚音的特異之處，夏侯澹也知道。將心比心，那皇帝再如何草包，也不至於為了情愛之事放棄一個先知。

但他還想看看她打算怎麼演下去。

庾晚音被打入冷宮後，他在宮中的眼線傳來了一線八卦情報：當日皇帝跟庾嬪大吵一架，內容是庾嬪勸皇帝除掉淑妃，而皇帝不肯。庾嬪聲稱，她夢見淑妃害死自己一家。而皇帝怒斥她說謊不打草稿，為了爭寵竟信口雌黃。最後，庾嬪說了句「沒有我的能力你什麼都不是」之類的話（眼線表示沒聽懂），導致皇帝勃然大怒，決定廢了她。

這倒是有些出乎夏侯泊的意料。

因為他知道，淑妃娘家跟庾家祖上交好過，但現在庾少卿遭貶謫，淑妃娘家也逐漸敗落，兩相厭棄，生了些齟齬。最近兩家的子姪在搶一個官位，矛盾鬧到了明面上。

夏侯泊讓人去查了，淑妃家確實在暗中做局，打算除去庾家。

但有一點：這些局做得很隱蔽，連他都費了些力氣才查到，庾家根本毫無覺察，深宮中的庾晚音更不可能聽說。

所以，她真是用天眼看見的？

夏侯泊等了幾日，遣人送了點吃食進去，換來她一封密信。

他讀了幾句就笑了出來，「真敢說啊。」

庾晚音大大方方承認了：沒錯，我送小眉去下毒，就是因為算出了她是你的眼線。她成功下毒也就罷了，卻不慎被淑妃發現，如今橫死，都是她背著我勾搭你的報應。

夏侯泊想起她在湖心那聲怒吼，笑道：「這個小姑娘，恐不是池中物啊。有趣，十分有趣。」

端王的謀士們不敢出聲。

通常一個男人說一個女人「有趣」的時候，多少帶著遐思。但端王說「有趣」，那意思可就複雜了。全句有可能是「有趣，我得弄過來」，也有可能是「有趣，必須弄死了」。

他心中沒有柔情，甚至沒有仇恨。世事對他來說，是一場又一場的博弈。先聲後實，彼竭我盈，兵不厭詐，決勝千里。他是最理想的操盤者：冷靜、殘忍、永不動搖。

有時這讓他們大感安穩，有時卻也讓他們心生恐懼。

夏侯泊接著讀信。

庾晚音表示夏侯澹不再重用自己，但又怕別人得到她的助力，所以要將她囚禁到死。

她問夏侯泊：你跟他不一樣嗎？你如何證明？如果我的預言偶爾出錯，你也會因為多疑而將我處決嗎？

夏侯泊當然會。

但他回了封情真意切的信，畫餅畫得足以讓各大企業HR汗顏，又送了更多的吃食進去。

他沒有急著問起皇帝身邊那個高手。他在等著她遞投名狀。

庾晚音又拖了兩天，演了兩天跪領冷粥的戲碼，終於遞出了新的密信：「我已夢見那高大男子，孤身一人，走馬章臺，去那風月之所。面前有一高臺（她還配了幼稚園畫工的插圖），似在聽戲。」

夏侯泊並不完全相信。

但賭一賭對他來說也沒有損失。至少她說的地點不在宮裡，而是青樓，那地方想除去一個人並不費力。

夏侯泊於是派了一些探子，去城中幾處柳陌花巷守著。

地道終於挖通了。

夏侯澹從地洞裡灰頭土臉地鑽出來，先去看庾晚音，「瘦了。」

庾晚音咳了一聲，「沒有，是妝沒卸乾淨。」其實她悶在裡面沒處活動，天天躺著嗑瓜子吃水果，長了一圈肉。

夏侯澹撣了撣身上的灰，左右看看，「今晚吃火鍋？」

「大熱天的吃火鍋？」

「配冰鎮綠豆湯嘛。」

「不錯。」庾晚音笑道。笑完了又覺得這對話活像是共處了多年的老夫老妻，有些臉熱。

人說患難見真情，她現在算是懂了。共同經歷了那麼多事，她看見這個人的身影時，開始不由自主地生出一種安心的感覺。

直到地底傳出乒乒乓乓一陣亂響，又一顆沾灰的腦袋冒了出來，「咳咳……扛著鍋爬地道太費勁了！」

夏侯澹道：「辛苦了，把鍋放下，你可以走了。」

阿白：？？？

阿白沒有走。

不僅沒走，他還把北舟也拉來了。雙人小火鍋變成了四人小火鍋。

「娘娘，吃這個。」阿白殷勤地涮好羊肉，夾到庚晚音碗裡。

庚晚音阻之不及，正要道謝，斜刺裡又有一雙筷子伸來，將毛肚蓋在那塊羊肉之上。

夏侯澹盯著她。

庚晚音：「……」

她對夏侯澹的印象分是持續走高的。但她不知道夏侯澹是怎麼想自己的。

她猜測其中多少有些好感，但他又總是正人君子得很，似乎懷抱著一腔純粹的同盟戰友情。

直到阿白這不怕死的開始攪局，他彷彿受了幾分刺激。

庚晚音咽下那塊毛肚，緩緩夾起阿白的羊肉。

夏侯澹仍舊盯著她。

阿白的眼珠子也轉了過來。

庚晚音頓了頓，緩緩將阿白的羊肉送到夏侯澹碗中。

夏侯澹：？

阿白：？

庚晚音道：「對了，北叔、阿白，計畫你們已經聽過了吧？」

專心吃飯的北舟這才抬起腦袋，「放心吧，這幾日我都在特訓這小子。」

阿白從懷中掏出一張人皮面具戴上，又繫上黑面巾，笑道：「如何？」

飯後，北舟把阿白拉去角落裡，嘀嘀咕咕商量了一陣子，拉開架勢開始套招。

北舟道：「你剛才擋了。這些地方不能擋，再練練，得練得爛熟於心才行。」

阿白道：「擋了嗎？」

北舟點頭，比劃了一下，「胳膊收了。」

「本能、本能。」阿白大言不慚道：「人太強了真是麻煩啊，高處不勝寒。」

北舟：？

北舟抬掌：「再比一場？」

阿白迅速轉移話題：「說起來，那疤臉什麼時候去抓？」

夏侯澹坐在一旁，把他們當武俠片欣賞，「不著急，等他自己出宮時。」

北舟收了勢，「澹兒，吃飽了嗎？叔去切個瓜給你們吧。」

「我去吧。」庾晚音轉入冷宮後頭簡陋的小廚房，抱起一個湃在冰水裡的西瓜。

夏夜暑氣未消，草木橫生的小院裡蟬鳴陣陣，偶爾還有流螢掠過。庾晚音將西瓜切塊裝盤時，阿白溜了進來，「娘娘。」

「我現在不是娘娘啦。」

阿白眼睛一亮，「晚音？」

「……」

庚晚音知道江湖人作風放恣，始終沒把他這略帶輕佻、嬉鬧一般的調情太放在心上，隨手塞了一盤西瓜給他，「多謝幫忙。」

阿白：「……」

庚晚音開始切第二盤，「你們練得可還順利？」

「三天應該能大成。」阿白托著盤子望著她，「晚音，這件事辦成之後，我就該走了。」

庚晚音愣了愣：「這麼快？你不是奉師命來保護陛下的嗎？」

「端王盯著，我不能再出現在你們身邊。」

庚晚音仔細一想，確實如此。

原來這傢伙是來告別的。庚晚音停下動作，端正一下態度，「嗯，那你想好了要去哪嗎？」

「陛下有別的任務給我。」

「任務？」

阿白擠擠眼，「現在還不能說，時候到了妳自然會知道。」

那就是祕密任務了。

這才共處多久，夏侯澹居然信任此人到如此地步了？庾晚音覺得有些不可思議。

她心中想著回頭得去問問夏侯澹，忽聽阿白問：「或者，妳要不要跟我一起走？」

庾晚音不確定道：「……什麼？」

「我問妳要不要跟我一起走。」阿白收斂了跳脫的勁頭，一字一頓，說得無比認真。「昏暗的陋室裡，他的雙眼亮如星辰，「第一次看見妳，我就知道妳是天上的雲雀，不該被困死在這四面宮牆之內。能想出這一個個計畫的人，該是何等性情靈動，自由不羈？這樣的人只要離開這裡，江湖路遠，何處不可高飛？」

庾晚音猛然轉頭看了門口一眼，壓低聲音道：「你知道自己在哪嗎？你在皇宮裡，拉皇帝的女人跑路？」

「不用跑路。只要妳點頭，陛下那邊自有我去說服。」

庾晚音簡直驚呆了，「你還想說服他？」

「我有他必須接受的理由。」

庾晚音：「……」

這人別是瘋了吧。

儘管覺得無稽，她還是有幾分感動，「無論如何，謝謝你說這些。」

阿白聽出其中的拒絕之意，瞬間蔫了，「別急著回答，求妳了。」

庾晚音哭笑不得，「阿白，你這樣的英武少俠，總會遇到佳人相伴的。」

阿白垂頭喪氣，「是我不夠好嗎？」

「不是……」

「如果不是跟我一起呢，妳會想出去看看嗎？」

庾晚音張著嘴頓住了。

她想起自己剛來時做過的逃離這一切的美夢。

阿白握住她的肩，「晚音，我來都城的路上，見過千山落日，繁花鋪錦。為自己思量一番吧，妳在這天地間走一遭，到底要什麼。」

他一握即放，端起兩盤西瓜，逕自走出去了。

庾晚音被留在原地，恍惚了一陣子。

那大漠孤煙、戈壁駝鈴，那三秋桂子、十里荷花，她上輩子擠在格子間裡錯過的人間，這輩子也依舊無緣得見了吧。

庾晚音深吸一口氣，洗淨了手，想著得快些回去，卻沒料到一腳踏進院中，就瞧見兩道並立的背影。

阿白拉著夏侯澹站在院子中央，仰頭指著什麼，道：「瞧見沒？」

夏侯澹也仰著頭，「月亮的左邊嗎？」

阿白道：「快連成一條線了。」

庾晚音下意識跟著抬頭，只看見滿天繁星，繚亂無序，並沒瞧出什麼線條。

阿白道：「好好想想我師父的信。他老人家還有一句話託我帶到：你們的相遇或許並非幸事。」

夏侯澹嗤笑一聲道：「你現編的吧。」

阿白怒道：「我可不敢拿師父開玩笑。」

夏侯澹道：「覬覦晚音你就直說。」

庾晚音：「……」

她琢磨著是不是該退回廚房。

阿白是習武之人，耳力極佳，聽見身後微弱的氣息，卻故作不覺，「就算不是為了你自己，你也為她想想呢？」

夏侯澹沉默。

阿白開始舉例：「你貴為天子又如何，能保護她不受欺負嗎？」

夏侯澹道：「這倒是能。」

阿白：？

阿白重整旗鼓：「你能為她三千弱水只取一瓢嗎？」

夏侯澹道：「這也容易。」

阿白：？

在他們身後，庾晚音屏住呼吸，動都不敢動。她的心跳聲太響，甚至疑心它已經蓋過了蟬鳴。

阿白本想讓庾晚音看清男人的醜惡面目，萬萬沒想到這廝居然如此回答，氣急敗壞道：「就算這些都有了，她也只是籠中之鳥，永遠不得遊戲人間，瀟灑快活！」

「阿白，人間並不全然是拿來遊戲的，她有她的抱負。」

阿白怔了怔。

夏侯澹仍舊負手望著夜空，「你只當她是小雀，需要放飛，卻不見她平正高潔，皎皎如月，能照徹千里碧空。」

阿白：「……」

阿白無力地扯扯他道：「回屋裡吧。」

「不過你說得對，她在這裡，確實很難快活。」夏侯澹道：「有一天她實現了抱負，想要離去，那時我若不在了，你就帶她走吧。」

阿白欲哭無淚，「求你別說了。」

庾晚音一直站在院中，等到夜風吹涼了面頰，才若無其事地回到屋裡。

阿白正發了狠地跟北舟對打。

夏侯澹看看庾晚音，問：「怎麼去了那麼久？」

庾晚音不敢跟他對視，「唉，人有三急。」

端王朝城中各處柳陌花巷派了探子，一連蹲守數日，這天傍晚終於有了情報：皇帝身邊那個高大的蒙面高手出現在怡紅院，沒去找姑娘，卻在那蓬萊臺下聽起了戲。

這情報倒是與庾晚音的密信對上了。

於是端王手下的刺客們迅速聚集，混入了衣香鬢影中。

所謂的蓬萊臺就是個戲臺，只是因為設在楚館內，與尋常勾欄瓦肆不同，布置得粉簾紗幕、香煙嫋嫋，臺上演的也不是什麼正經戲。

一群色瞇瞇的看客正朝那扭著水蛇腰的花旦叫好，一個長著媒婆痣的老鴇穿行在人群間，賠著笑收賞銀。

刺客們轉頭四顧，很快搜尋到高大的目標。

為首的悄然一比手勢，眾人散開，隱去了鬼門道。

這鬼門道便是通向戲臺的門，以繡金屏風隔開。刺客們藏在此間按計畫行事，迅速換上唱戲的行頭。

為首的刺客卻偷偷潛到那老鴇身後，作勢與她勾肩搭背，冷不防亮出袖中短匕，悄無聲息地抵住她的脖子。

老鴇嚇白了臉，顫聲道：「這位爺，有話好說。」

刺客頭子道：「借一步說話。」

他拖著老鴇走到角落無人處，收起匕首，威逼完了又利誘，塞給她一個錢袋，「下一場，換我們的人上去唱戲，別驚動臺下看客。」

老鴇掂了掂錢袋，誇張地拍拍胸脯，一驚一乍道：「噢喲，可嚇死我了，這點小事爺說一聲就成嘛，何必拿刀嚇人……」

刺客頭子不耐煩道：「少廢話，去辦吧。」

老鴇卻還在喋喋不休：「只是我們怡紅院也有怡紅院的規矩啊，胡來是不行的，有些細處還得請爺原諒則個……」

刺客頭子幹的就是刀口舔血的活計，哪有那麼多耐心給這老鴇，只當是威逼沒到位，一拳便砸向她的肚子。

拳至半空，忽然無法再進半寸！

老鴇一手捏住他的手腕，便如捏著一枚繡花針，甚至還翹起了蘭花指，「客官好凶喲。」

刺客頭子：！！！

數招之後，刺客頭子被反剪了雙手按在地上，動彈不得。

媒婆痣老鴇輕輕鬆鬆卸了他的下巴，將一枚藥丸塞入他口中，又將他脫臼的下巴裝了回去，貼在他耳邊道：「這是毒藥，我有解藥。你得照我說的行事，事後才能來取。」

刺客頭子問：「妳是誰？」

老鴇笑道：「少廢話，去辦吧。」

鬼門道後的眾刺客已經換好了戲子行頭，正在檢查隨身短匕，刺客頭子陰著臉來了。

刺客頭子一伸手，將一捧短匕分給眾人，「換上這些。」

有刺客不解道：「為何？」

刺客頭子冷冷道：「上頭的指令，別問，換完就上臺了。」

眾人只見這些短匕的尖端綠瑩瑩的，不知是什麼厲害毒物，只當端王要拿它對付這次的刺殺目標。情急之下無暇思索，出於慣性聽令換上了。

繡金屏風一開，換了新戲，是一齣〈魚籃記〉。

阿白坐在臺下跟著叫好，手執一把摺扇緩緩搖著，一副偎紅倚翠的大爺做派。只是蒙了面，看不出本來面目。

這種鶯歌燕舞之處，就連戲也唱得狎昵。化身美女的鯉魚精柳眉杏眼，咿咿呀呀聲如鶯囀，東邊搖兩步，西邊搖兩步，作勢躲避著天兵追捕。

急管繁弦，天兵上場，鯉魚精搖曳到戲臺邊緣，竟縱身一躍，穩穩落到蓬萊臺下。

看客沸騰了。

鯉魚精在人群間提著身段跑，天兵在後面張牙舞爪地追，不知不覺間，接近了阿白。

阿白彷彿毫無覺察，仍在樂呵呵地叫好。

說時遲，那時快，那鯉魚精纖纖玉手一翻，不知從何處翻出一把短匕，驟然間刺向了阿白！

阿白摺扇一張，下意識地抬手招架。匕首從扇面穿破，裂帛之聲驚退了四下的看客。摺扇又猛然一收，扇骨牢牢卡住那把匕首，竟撞出了金鐵之聲。

阿白一手持扇，一手並指，閃電般刺向鯉魚精的要穴。鯉魚精拼著受他一擊，竟然不退。與此同時，追兵已至，眾刺客從四面八方衝向阿白，手中匕首閃著森然的光。

阿白大喝一聲，一掌拍飛了鯉魚精，卻再也退不出包圍圈！

血染扇面，潑濺得花紅似錦。

一個時辰後，雙腿發抖的探子朝端王彙報：「派去的所有刺客，全滅！」

夏侯泊舉起茶杯的動作微不可見地頓了頓，仍是優雅地呷了一口，「說說。」

探子道：「當時一打起來，所有人四散奔逃，屬下躲在不遠處的廊柱後頭偷看，見到那廝被刺客圍攻，血濺三尺啊！」

探子說著說著，慷慨激昂起來：「匕首白進紅出，刀刀入肉，他不知挨了多少下，竟然就是不倒！簡直是一夫當關，萬夫莫開——人都跪到地上了，還是沒倒，愣是殺死了最後一個刺客，這才長笑數聲，躺下不動了——」

夏侯泊道：「讓你來報，沒讓你說書。」

探子磕頭道：「屬下所言，絕無半字誇大！」

夏侯泊輕輕放下茶杯，蹙眉道：「屍體呢？」

「人死之後，龜公上來，把所有屍體全拖走了，血跡也清掃了。屬下知道這種地方都有個後巷，是用來運死人的，就繞去那後巷攔住了人，花了些錢，把屍體藏到了隱祕之所。殿下可要去看看？」

那蒙面高手的屍體慘不忍睹，要害處幾乎被捅成了肉泥。

夏侯泊面不改色地查看一番，伸手揭開他的面巾，對著這張臉皺了皺眉。

此人嘴角有疤痕，是生瘡之後留下的，瞧去有一絲眼熟。

夏侯泊轉頭問探子：「你在怡紅院見到的，確是此人嗎？」

探子連連點頭：「屬下認臉很有一套，他當時雖然蒙面，但眉眼還是露出來的，確實就是這個人。」

夏侯澹吩咐手下：「查明此人身分。」

他正要轉身離開，又頓了頓，「還有，刺客的屍體和隨身之物，也要仔細查看，不可有任何遺漏。」

屍體和隨身之物沒查出異常。

那高手的身分倒是很快揭曉：太后身邊功力最強、手段最狠的暗衛，專門替她殺一些不好殺的人。原本就在端王黨的黑名單上。

這疤臉平素確實喜歡聽戲，當日出宮替太后辦事，回程中拐去了怡紅院，最終將命葬送在戲臺下。

夏侯泊聽完彙報，略帶興味地微笑起來，「太后娘娘的得力幹將，在皇帝身邊保護他？」

謀士道：「太后竟向皇帝示好了？」

夏侯泊道：「或許是示好，或許是監視，總之，她確實藏了些本王沒發現的心思呢。」

與此同時，太后正在暴怒摔碗：「無緣無故，端王居然殺了哀家的親衛！我看他是活夠了！」

心腹道：「要不要治他的罪？」

太后又摔一個碗，「全是廢物！若能早些治他的罪，又怎會容他囂張到此時！」

端王與太后的鬥法漸趨白熱化。

跟原文相比，情節走向沒有太大變化。太后雖然氣焰盛，謀略布局卻比不過端王，已然節節敗退，露出頹勢。

換句話說，鷸蚌相爭接近尾聲，留給夏侯澹韜光養晦的時間也不多了。

庾晚音回房時，發現枕邊多了一個東西。她捧起細看，是個粗糙的木雕，雙翅張開，引頸而鳴。她猜是阿白雕了一隻雲雀。

庾晚音用指尖輕輕摩挲著木紋，轉頭望向冷宮狹窄的窗戶。

夏侯澹跟了進來，「那是什麼？」

庾晚音：「……」

庾晚音迅速放下雲雀，「你聽我解釋。」

夏侯澹瞧了一眼，「阿白留給妳的？難得他有心，收著吧。」

庾晚音：？

庾晚音不滿意了：「就這樣？」

「……什麼就這樣？」

裝什麼寬宏大度，你不是挺會吃醋的嗎？庾晚音稀奇地盯著夏侯澹。

她已經偷聽到他的心思，還想裝作不知，就變得異常困難。

那晚在院中，她遲遲不肯迴避，的確是懷了些小心思，想從他口中聽到點什麼。

她希望他至少與自己一樣，有那麼幾分悸動和好感。為什麼不呢？大家並肩戰鬥了這麼久，她頂著現在這張臉，多少得有點魅力吧……

她沒想到夏侯澹會說那些。

那些……匪夷所思的語句。

儘管只是隻言片語，她卻彷彿窺見了一片無垠深海。她迷惑不解，受寵若驚，甚至感到一絲悚然，但又無法掩飾地開心著。

你居然這樣想我。

我想聽你親口對我說。

夏侯澹被她盯得莫名其妙，岔開話題道：「今日太后又找由頭對端王發難了。看來咱們的計畫相當成功，多虧了妳的妙計啊。」

與此同時，都城城門之下，一男一女正排在出城的隊伍中，接受護衛盤查。

那男人身材高大，但含胸駝背，面龐黝黑，單看五官就泛著一股面朝黃土背朝天的泥味。旁邊的婦人上了年紀，同樣滿面風霜，身上負著幾個花布包袱。

守城的護衛問：「做什麼去的？」

男人操著鄉音憨厚道：「跟俺娘進城來走親戚，現在回家了。」

出了城門，這兩人仍是默默無語，混在人流中順著官道前行。

及至走出數里，四下再無他人，那男人才直起身體伸了個懶腰，「娘啊，就送到此處吧。」

婦人笑道：「兒啊，孤身在外，記得添衣。」

說的是殷殷囑託，語氣裡卻滿是戲謔，而且這一開口，竟是低沉的男聲。

這兩人自然就是北舟和阿白。

阿白從北舟手中接過行李，隨手甩到肩上，動作灑脫，愣是頂著那張莊稼漢的面具器宇軒昂起來，「多謝相助。」

北舟卻擔心道：「傷勢如何了？」

「不礙事，穿著護甲呢，小傷口而已。」

這一日的行動，說白了就是一場血腥的魔術。

他們做的第一件事，其實是暗殺了太后手下那個疤臉暗衛。

疤臉平日狡詐多疑，他們暗中跟蹤了此人數日，終於等到他獨自出宮，為太后殺人。螳螂捕蟬，北舟在後，將之截殺在暗巷裡。

接著北舟迅速換上老鴇的裝扮，輕車熟路地從暗門進了怡紅院。他先前在此處當了許久老鴇，本色出演，毫無壓力，加之與龜公等人相熟，打起配合得心應手。

與此同時，阿白先戴上疤臉的面具，再以黑巾蒙面，大搖大擺地進了怡紅院正門，以身做餌，成功引來了端王的刺客。

暗處的北舟擒賊先擒王，拿住刺客頭子，逼迫他將所有武器換為己方準備好的匕首。

這匕首自然是特製的。

庾晚音知道北舟是機關天才，大致講了講自己曾看過的魔術效果，北舟便觸類旁通，將道具造了出來。這些匕首內有彈簧，鋒刃一觸及硬物就會回縮，看似是捅進了人肉裡，實則縮回了劍柄中。

劍格處還藏有血袋，一受擠壓就會從斷面處噗噗往外飆血。

激戰之中，兔起鶻落，刺客們即使發現有異，也來不及思索反應。

阿白這幾日一直在接受特訓，甚至有意留出幾處破綻不去格擋，為的就是在作戰中能演得以假亂真，讓端王的探子即使近距離觀察，也只能看見他左支右絀、身負重傷，最終與刺客同歸於盡。

當然，那麼多刺客一擁而上，他在極短時間內將之料理乾淨，還是不可避免地受了點輕傷。

阿白假死後，龜公上前拖走一地屍體，又在通往後巷的路上偷天換日，放走阿白，收起道具匕首。

最終被端王探子討回去的，已經成了真正的疤臉。那疤臉身上的傷口都是北舟趁他沒死時，仿照著端王刺客的手法用匕首捅出來的，仵作也驗不出異常。

如此一來，端王手下折了一批得力的刺客，還得面對太后的怒火與報復。

庾晚音道：「不過還是你厲害，我只是想到讓阿白和北叔打配合、演魔術，你卻直接想到禍水東引，順帶幹掉那個疤臉……」她說著說著覺得奇怪，「你怎麼知道太后手下剛好有個疤臉，身形與阿白相仿？我這個看過原文的，都不記得有這號人物。」

那自然是因為待得久了，總能知道一些祕密。

夏侯澹鎮定道：「我那些暗衛不能吃白食啊，也得監視一下太后的。」

「什麼時候派去的？」

「可能忘了告訴妳了。」

「嗯？」庾晚音忽然朝他湊去，瞇起眼打量他，「澹總，你不告訴我的事還挺多。」

夏侯澹比她高一個頭，庾晚音湊得近了，就得仰頭看他。

他聽出她語氣親暱，故作狐疑，只是為了開個玩笑。

有溫熱的氣息拂過夏侯澹的脖頸。

夏侯澹的喉結滾動了一下。

庾晚音忍不住加深了笑意，還想調戲兩句，卻見他略微低下頭，面色很平靜，「此話怎講？」

庾晚音有一絲失望，退了一步，「譬如說，阿白被派去做什麼了？」

夏侯澹：「……」

夏侯澹的面色又淡了幾分，「妳不想他走嗎？」

官道旁景致荒涼，只有野地長草，任風吹拂。

北舟道：「你這沒馬沒車，要去哪？」

魔術結束了，但端王心思縝密，說不定還沒完全放下疑慮。阿白要詐死到底，就得離開都城。否則以他高大顯眼的身形，再被探子瞧見，就前功盡棄了。

禁軍統領已歸了端王黨，把守城門的護衛沒準也得了指令，在搜尋阿白。此時他孤身出城太過顯眼，才拉了北舟來打掩護。

阿白笑道：「我尋個農戶借住幾日，等與同伴會合了再一起出發。」

北舟道：「……同伴？我怎麼沒聽說你還有同伴？」

阿白但笑不語。

北舟不輕不重地拍了他一下，「臭小子，這才幾天，居然得了陛下青睞。什麼密令，連我都不能告訴？」

「你去問陛下唄。」阿白將球踢給夏侯澹。

「罷了，反正我也幫不上忙。」北舟正色道：「陛下如今處境凶險，你初出茅廬，諸事要多加小心，謀定而後動，莫辜負了他的信任。照顧好自己，別讓你師父擔心。」

阿白愣了愣，有些感動，「師兄。」

他其實已經出師五年，也與夏侯澹相識了五年，自五年前起，就一直在執行一個長線任務，步步為營，謀劃至今，才小有所成。此番來都城，也是為了與夏侯澹敲定後續的計畫。

但這些不能告訴任何人，包括這個便宜師兄。

北舟笑了：「欸，再叫一聲。」

阿白卻不肯了，「我怎麼覺得這麼彆扭……等你換回男裝吧。」

北舟挑眉，「怎麼，我的女裝有什麼問題嗎？」

「啊？」阿白露出一言難盡的表情，「怎麼講呢。你原本的模樣挺瀟灑疏闊，這一塗脂抹粉……喀。」

北舟心中暗吐了一升老血，面上渾不在意地揮揮手，「滾吧。」

夏侯澹淡淡道：「只是讓他替我找藥治頭疼而已。」

庾晚音奇道：「找藥？」

弄得神神祕祕的，只是找藥而已嗎？

「他那身手，僅僅被派去找藥，會不會有點浪費啊？」

夏侯澹面不改色，「他是江湖中人，或許有門路討到什麼偏方。」

他的目光朝旁邊掠了一眼，庾晚音無須回頭看，也知道他瞥的是床頭那隻雲雀，「不必過於傷別，以後有機會，還會遇見的。」

庾晚音：「……」

聞到了，這股熟悉的酸溜溜的味道。

小醋怡情，挺好的。

不等她醞釀好臺詞，夏侯澹卻忽然偏過頭道：「剛才收到了汪昭傳來的密信，他們預計一個月後可越過邊境，再取道羌國進入燕國。」

庚晚音：？

你倒是別切換話題啊？

「羌國很小，再一個月也就橫穿了。所以如果一切順利，入秋時就該收到燕國的消息了。只是但願那旱災不是今年，否則拿到燕黍也來不及播種。」夏侯澹眉頭深鎖，一臉憂國憂民。

讓她繼續細究阿白的去向，容易露出破綻。

所以必須轉移話題，他對自己說。

庚晚音沉默了數秒才說：「……岑堇天說看今年的雨水情況，應該不至於有旱災。」

「那就好。」夏侯澹根本不留縫隙給她，朝密道入口走去，「說到岑堇天，我叫了他們來開小組會議，差不多快開始了，妳要不要一起來？」

庚晚音迷惑地看著他的背影。

之前好像沒覺得他如此不解風情啊。

「等一下。」北舟叫住阿白，「你怎麼看晚音？」

阿白面露尷尬，「必須聊這個嗎？」

北舟道：「那天你與陛下在冷宮院落中說話，我無可避免地聽到了幾句。你勸晚音跟你走，恐怕不僅是出於愛慕之情吧。」

阿白嘆了口氣：「你還記得我師父那封信嗎？」

北舟面色微變，喃喃道：「熒惑守心、五星並聚……真是此意？」

阿白凝重地看著他。

北舟只覺背脊生寒，下意識抬頭看了天空一眼，「那後面還跟了『否極泰來』四字，又是何意？」

「不甚明瞭，所以說吉凶一線。」

「還有你師父不明了的事情？」

「師父為陛下卜過生死卦，沒有告訴我結果。只說他們兩人身上有許多因果纏繞，似霧裡看花，無從勘破。但我猜那一卦極其凶險，他自那之後就常懷憂思，最終命我出師下山。」

無名客的話語，阿白吞下了半句沒有說：因果纏繞，前塵不在此方天地間。

那兩個人原本不屬於這個世界，所以自然算不出。

阿白眼前浮現出五年之前，自己與夏侯澹初見的景象。

當時他年少輕狂，自視甚高，雖然奉師命去輔助皇帝，心裡卻並未把天子之位看得多重。

待到溜進宮裡看見皇帝本尊，更覺不過爾爾：只是個與自己年紀相仿的少年，縮在榻上閉眼小憩，美則美矣，卻像被抽去靈魂的蒼白人偶，透著一股任人宰割的死氣。

阿白見他睡得毫無防備，忍不住小聲哂笑道：「我聽師父說得神乎其神，還當你是什麼孤魂野鬼呢。」

少年閉著眼翹了翹唇角，「你最好別動。」

剎那間，阿白後頸一寒。因為他聽見身後某處傳來的弓弦收緊聲。

少年心平氣和道：「你一動，機關就動，我又得花上月餘重做一個。」

阿白大氣都不敢出。少年終於睜開眼睛朝他望來，這一睜眼，人偶娃娃碎成了齏粉，冰涼的毒蛇吐出了信子。

他的雙目黑到幾乎不反光，嵌在那蒼白冶豔的臉上，像是從桃花春景間豁開了兩道煉獄的入口，「令師說得沒錯。」

後來他漸漸瞭解夏侯瀲，也知曉了對方更多的故事。初遇那一剎那的驚懼已經逐漸淡去，他欽佩其隱忍，感念其不易，心甘情願為其奔波。

但此刻回想，卻又依稀能記起當時不舒服的感受——那是遇到異類的本能反應。奇怪的是，庾晚音卻完全沒激起他類似的感覺。她雖然也來自另一個世界，卻溫暖無害，彷彿此生從未築起過心防。

他能理解夏侯瀲為何會對她另眼相看，但也是因為心頭那一絲抹不去的陰影，他才更不願將庾晚音留在宮中。

阿白心裡這番計較，沒有一個字能對北舟說。

想到北舟對夏侯澹的關愛回護、視若己出，阿白忽然有些心酸，「我聽師父說起過你的一些事。你覺得陛下如何？」

北舟道：「南兒的孩子，自然很好。」

可是……他不是你的故人之子，只是異世來的一縷孤魂。

日後你知曉此事，會難過嗎？

阿白終究要為夏侯澹考慮，不能引起北舟的疑心，輕描淡寫將這話題帶了過去，又道了幾聲珍重，便與之分別了。

第十一章　吾道不孤

庚晚音人進了冷宮，如同社畜放了長假，再也不用早起去給太后請安，也不用應付沒完沒了的宮鬥和神出鬼沒的端王，一時過得心寬體胖。

但社畜沒有真正的假期，小組會議還是要開的。

庚晚音不想缺席，但總不能讓臣子們進冷宮來開會，於是只好自己爬地道過去加入。這地道才剛剛挖通，暗衛還在努力修葺出個模樣，此時只能容人貓著腰跪行而過，每次爬這一段都得吃灰。

地道另一端的出口，在夏侯澹寢殿的龍床下面。

李雲錫先前突然聽說庚貴妃被打入了冷宮，還飽受折磨，心中萬分錯愕。他還記得庚晚音的救命之恩，入宮的路上眉頭深鎖，既想諫言勸皇帝幾句，又覺得身為臣子不該議論後宮。

正在道義與規矩間左右互搏，一進寢殿，卻赫然看見那傳聞中快被囚禁至死的女人正坐在夏侯澹身邊。

庚晚音一身冷宮專用荊釵布裙，未施粉黛，臉上還沾了土，落魄得催人淚下。偏偏她一臉平靜，一邊撣灰一邊道：「不用管我，你們聊你們的。」

李雲錫：？

李雲錫望向夏侯澹。

夏侯澹將手邊的果盤向她推了推，然後就沒再管她，淡然道：「都說說吧。」

李雲錫：？

李雲錫又看向身旁的同僚。

岑堇天和爾嵐各自笑了笑，既不問她為何在此，也沒對她的模樣發表任何意見，彷彿這一幕很尋常似的。

岑堇天已經開始彙報了：「上次回去後，臣根據各地的作物品種，整理了旱時應有的產量。陛下再看看各州倉廩儲量，便可推斷旱災來時如何調劑賑災……」

庾晚音塞了塊桃子進嘴裡，熟練地提筆做會議摘要，「岑大人辛苦了。」

岑堇天躬身道：「都是分內之事。」

李雲錫：「……」

要不然他也裝沒事吧。

燕國一事，夏侯澹不打算把所有希望都押在外交上。

燕人身在蠻荒之地，始終覬覦著金粉樓臺的大夏。他們生性驕橫，在大夏強盛時勉強靠和親維持了一段和平，等大夏朝野一陷入內鬥，立即縱馬來犯。

原作中夏侯澹死後，燕王還趁著旱災進犯中原，跟端王打了一場大仗。

如果外交失敗，這一仗終不可避，他們也要早做準備，移民墾荒，存儲糧食，開中實邊，充盈軍備，免得到時毫無還手之力。

岑堇天溫聲道：「自從陛下下旨，降賦減租與開中法並行，民生大有改善。如尤將軍前日所言，邊境之地也已開了不少燕黍田，等再種幾季，即使不從燕國購入種子，或許也能應付旱災。」

提到尤將軍，李雲錫忍不住從鼻子裡哼了一聲：「天高皇帝遠，那傢伙的話不可盡信。」

這尤將軍統領右軍，鎮守南境，按理應該與中軍洛將軍齊名。但與殺神般的洛將軍不同，此人的位子卻不是沙場征伐出來的，而是憑門蔭撈到的。

南境和平已久，把這將軍養得一身癡肥，近來他回朝述職，還遭了夏侯澹幾句譏嘲。夏侯澹當時在朝堂上演著瘋子，怪笑道：「看愛卿的臉，就知道右軍如今不缺軍餉呢。」

太后黨的文臣們忙不迭地大笑起來。

尤將軍完全沒有洛將軍那樣的煞氣，整個人臊眉耷眼，被諷刺至此，居然也不敢動怒，唯唯諾諾了幾句「勤加練兵報效朝廷」之類的廢話。

他在都城這段時間，沒少與端王接觸，「端水之王」的橄欖枝對三軍平等批發，尤將軍收禮收得偷偷摸摸，辦事辦得摳摳搜搜，哪頭都不得罪。

李雲錫忍不住勸道：「陛下，尤將軍看著不像是能成大事的人，由他坐鎮南境，恐成禍患。」

其實不用他說，庾晚音都知道這人在原作中的下場。

燕國來犯，尤將軍奉旨策應中軍，沒幾個回合就趴下了，投降時甚至還對燕軍上繳了所有武器輜重。

夏侯澹懶洋洋道：「沒指望他成什麼大事。只是由他占著那個位子，朕使喚不動他，端王也使喚不動他，不算壞情況。」

李雲錫道：「可是南境……」

夏侯澹打斷了他：「李愛卿先別操心別人，說說戶部近況吧。」

李雲錫頓了頓，有些憮憮。

他這麼個刺兒頭進入戶部，顯而易見只有被邊緣化的份。如今他幹的是稽核版籍的苦差事。

所謂稽核版籍，就是統計人口和土地的增減變化，編成冊籍上報朝廷。

李雲錫接管此事後，第一次打開戶部的庫房，只見各地歷年遞交的冊子亂七八糟地堆在一起，落了尺厚的灰。

管事的同僚甚至勸他：「快走吧，味兒重。」

李雲錫怒不可遏，獨自埋頭苦幹，一冊冊地規整、校對，果不其然發現了巨大的紕漏。做得最絕的幾個縣，這幾年來遞交的報告幾乎一模一樣，人口無增無減，土地也毫無變化。

李雲錫自己就是窮鄉僻壤出來的，一下子就知道是怎麼回事了。

許多地方表面上是一戶一田，其實農戶的土地早已經被當地的土豪鄉紳私自吞併了。

夏侯澹先前下令減租，然而這些土豪將吞併來的田又反租給農戶去種，收取的租金竟然幾倍於朝廷。

李雲錫入朝時早已發過宏願，要做最髒最累的活，回報於鄉親父老。

為了釐清土地所有權，他不眠不休地多方查證，勞碌數日，終於理出了第一個州的新冊籍。

冊籍遞交上去，第二日便又打了回來，讓他重做。

李雲錫重新篩查校對了一遍，加上洋洋灑灑一篇長文，再交上去，又被打回。

李雲錫正在改第三次，他的頂頭上司皮笑肉不笑地找了過來，說看他實在勞碌，尋思著將他調去地方。

李雲錫徹夜無眠，最後藏起自己的工作成果，試著交了一份與去年幾乎一致的冊子。

這回上司滿意了，拍著他的肩道：「孺子可教也。」

於是李雲錫明白了，同僚這些年尸位素餐，是因為根本沒人敢管此事。

各州各縣，沒有一本冊籍不是紕漏百出。土豪鄉紳的背後是一層層的父母官，父母官的背後是皇親國戚。

如果澈查，戶部內部都沒有幾個人是乾淨的。再往上查，就是太后——誰能查？誰敢查？

李雲錫說到此處就說不下去了，胸口憋悶得像是含了一口老血。

偏偏這時，爾嵐還溫和道：「李兄，做事還是要變通。」

爾嵐自從得了戶部尚書的賞識，近日躥升飛快，堪稱青雲直上。最近開中法的推行中，有很多活是由她實際監督的。

李雲錫正沉浸在國將不國的悲憤情緒中，聞言像吃了火藥，冷眼睨她，「爾兄又有何高見？不如演示一番，讓下官開開眼？」

記筆記的庾晚音開始憋笑。

爾嵐道：「譬如說先讓被侵吞田地的農戶來告個御狀，再託個宮人去太后面前吹吹風……」

她清清嗓子，還真演示起來：「大人，聽說上次查看國庫之後，太后對戶部盯得很緊。依下官之見，她老人家想讓眾臣都吐一吐私房錢，這整改令下來是遲早的事啊！一想到到時少不了要有人遭罪，下官睡都睡不著了。」

李雲錫：「……」

爾嵐繼續道：「倒不如咱們主動清查，還能把握著尺度，給大家都留個體面。這事您放心交給下官，如何——意思是這麼個意思，李兄出口成章，肯定比我說得漂亮。」

庾晚音笑出了聲。

她越來越欣賞爾嵐了。

李雲錫卻並不覺得好笑，「如果步步走得迂迴曲折，事事辦得藏汙納垢，天下何時才能風清氣正？毒婦當權，生不逢明主，我輩再多的心血都只是無用功罷了！」

言辭間的鋒芒直指夏侯澹，仍是不滿於他的弱勢，不嘴幾句就難解心頭憤懣。

夏侯澹冷漠地看著他，沒有絲毫反應。

庾晚音突然間打了個噴嚏。

她過地道時吸入一點塵土，一直覺得癢癢，醞釀到此刻，終於打了出來。

「抱歉。」她揉揉鼻子。

夏侯澹偏頭看看她，伸出手去，輕輕拍掉她髮間的一點灰。

李雲錫：「……」

這個女人剛才到底經歷了什麼？

這個噴嚏吹走了室內劍拔弩張的氣氛，李雲錫恍然間回過神，忽然有些疑惑——他差點忘了，這女人對外的形象似乎是個妖妃。

而夏侯澹呢？傳說中一言不合就埋人的暴君，聽自己直言極諫這麼多次，別說是動怒，甚至連眉頭都沒皺過一下。

爾嵐早已習慣李雲錫的脾氣，沒再理會他，自行開始彙報工作。

她擔心經過層層上報，最後呈給皇帝的摺子被篡改得面目全非，所以將開中法推行的進度一五一十講了一遍。

李雲錫憋著口氣，聽她說到商人爭相運糧換鹽引，張口刺了一句：「陛下，販鹽之利巨大，商人趨之若鶩是自然的。」

「沒錯，而且日後為了搶占壟斷的權力，定會官商勾結，滋生腐敗。」爾嵐點頭道。

李雲錫頓了頓。他沒想到爾嵐會接這句。

夏侯潽奇道：「開中法不是李愛卿提的嗎？」

爾嵐道：「歷代之政，久皆有弊，世上沒有完美的政令。今時今日，開中法有利於民生，但等到它顯露弊端，就該有新的政令取而代之了。」

李雲錫道：「到那時，爾兄已位高權重了吧。」

爾嵐笑了笑，「不，到那時，我應當已不在朝堂了。」

李雲錫愣了一下。

爾嵐眼中閃過一絲淡淡的落寞，「那時，位高權重者就該是像李兄這樣的人了。而那時的朝堂，也定能讓李兄這樣的人有一番作為。」

李雲錫不明白她為何蹦出這樣的話。

反倒是庾晚音聽明白了。爾嵐的女兒身不可能瞞天過海到永遠，總有一日會被政敵扣上罪名。

爾嵐並不知道夏侯潽這個皇帝早已知情。她入朝為官，恐怕只是想在被揭穿之前多做些事。

庾晚音看了看面帶病容的岑堇天，再想起孤身遠赴燕國的汪昭、被暗殺在湖中的杜杉，心下有些感慨，「此生得見諸位，當浮一大白。」

岑堇天道：「娘娘？」

庾晚音嘆息道：「世道如長夜，誰人能振臂一呼就改換日月呢？但與諸位慘澹經營，即使折在半路，吾道不孤。」

這話原本是說給臣子聽的，話音落下，卻是夏侯澹深深瞧了她一眼。

李雲錫告退前，夏侯澹叫住他，「冊籍你接著整理，不必告訴任何人，直接交給朕。」

李雲錫一震道：「陛下？」

夏侯澹點點頭，平淡道：「會有用得著的時候。」

李雲錫熱淚盈眶。

庾晚音目送他們離開，鬱悶道：「唉，就是因為有這些人，讓人覺得甩手走人的話，挺卑劣似的。」

夏侯澹：「……」

有這句話，就代表她多少被阿白說動過，但權衡過後，還是被牽絆著留了下來。

夏侯澹安靜了一下，笑道：「看來我得謝謝這些臣子。」

「為什麼？」

「讓吾道不孤。」

他話裡的意思藏得太深，庾晚音只當他在談工作，不以為意地伸了個懶腰，「好了，我該回去了……」

夏侯澹拉住她，「吃個飯再走？」

便在此時，安賢低頭走了進來，「陛下——」他一眼瞧見庾晚音，怔了怔，遇到夏侯澹的目光，又慌忙垂下頭，「謝妃在外頭求見。」

夏侯澹最近明面上冷落庾晚音，還要與謝永兒郎情妾意地演一演戲，因此不能不見。於是庾晚音又回了地道。

她貓著腰向冷宮爬，一邊爬一邊感覺怪怪的，像是偷情還被原配發現，不得不遁走一般。

這想法立即噁心到她。

夏侯澹是怎麼應付謝永兒的呢？跟自己應付端王一樣嗎？

庾晚音又想到己方最近這麼多小動作，也不知宮鬥達人謝永兒會不會發現端倪，會不會去跟端王打小報告。

她越想越煩躁，終於腳下一頓，在甬道裡艱難地掉了個頭，又原路爬了回去。

龍床底下的出口被地磚遮掩，要轉動機關才會露出。

庾晚音從洞底悄悄將地磚挪開一條縫，側耳傾聽外頭的動靜。

謝永兒正在漫聲閒聊。

不知是不是錯覺，她今天的聲音好像比平時更甜膩，彷彿捏著嗓子說話：「陛下，嚐嚐臣妾下廚做的小菜……」

庾晚音聽見碗筷碰撞聲，愣了愣，才發現已經到了晚膳的時間了。

謝永兒一下子布菜，一下子勸酒。菜香與酒香飄入縫隙，庾晚音腹中傳出悲鳴聲。

趴在這裡好沒意思。

這時冷宮中的侍女說不定也做好晚膳了……

她這樣想著，身體卻不受控制，依舊趴在原地。

不知為何，謝永兒一直殷勤勸酒，不僅灌夏侯澹，還用力灌自己。

幾杯下肚，她面若桃花，眼中波光粼粼，瞧著倒比平日多了幾分嫵媚之意，一隻手柔若無骨地貼上了夏侯澹的手腕，輕輕地摩挲。

夏侯澹不動聲色地收回手，「時候不早了，愛妃今日喝了酒，早些休息吧。」

謝永兒嬌笑出聲，又去搭他的肩，「陛下，一日不見，如隔三秋，臣妾心中十分想念聖顏，就讓臣妾多看幾眼吧。」

夏侯澹的聲音透著虛情假意，「這麼說來，朕也許久沒見愛妃了。」

謝永兒咯咯輕笑，語聲漸低，偶爾傳出幾個露骨的字詞。

夏侯澹的聲音冷了下去：「愛妃，我已經說過，比起妳的人，我更想得到妳的心。」

謝永兒突然低低啜泣。

謝永兒道：「陛下真是太好了，一直由著臣妾使小性子，臣妾……臣妾真不知如何喜歡你才好……」

床榻吱呀一聲。

庾晚音屏住呼吸。在她頭頂，謝永兒像條蛇一般從背後纏住夏侯澹，一隻手環過他的腰，朝著某處禁地伸去。

那隻手被扣住了。

謝永兒喝得半醉，只當是調情，笑著想要掙脫。卻沒想到越是掙扎，腕上冰涼的五指扣得越緊。

「陛下，妳弄痛臣妾了……啊！」謝永兒痛呼出聲。

她抽著涼氣僵住不動，只覺得腕骨幾乎要被捏碎了。

醉意一下子散去了大半，她疑惑道：「陛下？」

夏侯澹轉過身望著她。

看清他表情的那一刻，謝永兒心中突然生出一股寒意。

一直以來，她知道夏侯澹的人設是暴君，但這男人面對她的時候，始終表現得色令智昏，甚至還有點卑微——自己不願讓他碰，他就真的一直沒有碰，以至她逐漸淡忘了此人的凶名。

此時此刻，她猛然想起來了。

連帶著想起的還有宮中那不知真假的流言：皇帝多年以來對妃嬪如此凶殘，是因為在房事上有難言之隱。

夏侯澹的語氣平靜無波，她卻莫名聽出了森森的殺意，「愛妃，妳該回去了。」

謝永兒有必須留下的理由。

她咬咬牙，露出泫然的眼神，「陛下，你這是嫌棄臣妾了嗎？」

夏侯澹道：「是的。」

謝永兒：「……」

謝永兒的啜泣聲遠去了，黑暗地道裡的庚晚音陷入沉思。

在她的印象中，原文裡謝永兒直到最後都對端王死心塌地。

難道最近夏侯澹對謝永兒做了什麼事嗎？

為什麼她突然之間變了心？

但聽她的語氣，卻又透著一股做戲的成分……是端王派她來演戲的嗎？

庚晚音正在胡思亂想，頭頂傳來輕微的動靜。

她猛然間回過神，轉身就撤。

結果沒爬出幾步，就聽見機關「喀啦啦」一陣轉動，背後有燭光投射過來。

夏侯澹盯著前方的屁股看了幾秒，「妳怎麼在這？」

庚晚音：「……」

她只覺得這輩子的老臉都丟在了這一刻，掩耳盜鈴般又往黑暗中爬了幾步。

庚晚音虛弱道：「飯後消食。」

夏侯澹沉默了一下，問：「爬地道消食？」

庚晚音已經自暴自棄，「對啊，有助於燃燒全身卡路里。」

身後傳來夏侯澹低低的笑聲。很輕，笑了兩聲又止住了，回音卻在漆黑的甬道裡連綿不絕。庚晚音愣是從中聽出一句潛臺詞：妳那點偷聽的小心思暴露了。

窘迫之下，她心中無端躥起一股邪火。

自己此刻像個真正的炮灰女——宮鬥文裡爭風吃醋、腦子還不好的那種。

夏侯澹咳了一聲，一本正經道：「人走了，妳出來吧。」庚晚音卻總覺得那語聲裡還帶著笑。

「算了，」她硬邦邦地回了一句，「人多眼雜，被瞧見了不好辦，我還是走吧。」

「我不放人進來。」

「還是不安全，安賢不就撞見我了嗎？你快回去吧，萬一被他發現地道呢。」庚晚音繼續往前爬。

身後投來的燭光微弱地搖曳，拖著她的影子蜿蜒向黑暗。夏侯澹沒跟過來，也沒再出聲。她轉了個彎，光線也消失了。

庾晚音直到回到冷宮，晚膳吃到一半，才回過味來。

夏侯澹剛打發走謝永兒就下地道了——他原本是想過來找自己的。

她手中的筷子一頓，羞恥感頓時散了大半，有幾分心軟，但這個時候再大費周章地爬回去也太奇怪了，要知道反覆無常是戀愛腦的最顯著表現。

自己最近真的有點飄了。這腦子一共就那麼點容量，要是還胡亂占用CPU（中央處理器），不出三天就被搞死了。

庾晚音在深刻的反思中獨自過了個夜。

第二天，夏侯澹沒出現。

暗衛倒是冒出來幾次，一車一車地往她的院子裡倒土——他們在兢兢業業地拓寬地道，現在裡頭已經有半段可以供人直立行走了。

庾晚音圍觀一下施工現場，送了幾片瓜給暗衛。

暗衛道：「多謝娘娘。」

庚晚音狀似不經意地問：「陛下今日在忙嗎？」

「今日早朝上好像吵成了一片，許是有什麼急事在等陛下處理。」

庚晚音一愣，「為何吵成一片？」

「屬下不知。」

算算日子，難道是燕國傳來消息了？

庚晚音坐立不安，等到日落，夏侯澹依舊不見蹤影。

被絆住了嗎？總不會在鬧彆扭吧……庚晚音又回憶了一遍昨晚的對話，有一絲心虛。

眼見著吃飯時間都過了，她終於坐不住了，爬下地道看了看。

暗衛已經離開了，夜裡施工動靜太大，會被人發現。

空曠的甬道闃然無聲。庚晚音舉著燈走到半路，腰越彎越低，最後又只能爬行。

她腳下有些遲疑。

不知道另一頭有沒有什麼突發情況。如果自己這一冒頭，又被宮人撞見了呢？

她進冷宮原本就是為了做戲做全套，做出與夏侯澹決裂的假像，以便取信於端王。萬一暴露這個地道的存在，那就前功盡棄了。

正在躊躇間，黑暗盡頭傳來聲響，有個小光點亮了起來。

庚晚音吹熄了手中的宮燈，屏住呼吸一動也不動。

對方卻目力驚人，「晚音？快過來，澹兒病了。」

夏侯澹睡得很不安穩，鼻息急促，緊蹙著眉。

他的臉本就蒼白，現在更是連雙唇都毫無血色，襯得眼下的青影越發濃重。

庾晚音一回想，他這兩次發病都在自己使性子之後。她有些疑心這頭疼與情緒有關聯，又覺得昨夜那點事，應當不至於。

北舟憂慮道：「回來就倒下了，還沒吃飯呢。」

庾晚音悄聲問：「我聽說早朝上吵起來了？」

北舟道：「燕國送來文書，說是陛下千秋節將至，燕王紮欏瓦罕願派出使臣團來為陛下賀歲。」

庾晚音心跳猛然加快。

聽起來，汪昭好像成功了。

他不僅說服了燕王和談，而且還設法讓燕國主動提出此事，自己完全隱身於暗處。消息傳入大夏，沒人知道其中有夏侯澹的手筆。

「那是誰與誰吵呢？」

北舟煩躁地皺皺眉，顯然對這些黨派傾軋不感興趣，「澹兒提了兩句，好像是端王支持和談，因為兩國不打仗了，他的兵力就不用被牽制在西北，有更多籌碼對付太后。那端王支持的，太后肯定不支持。今兒一整天，御書房的門檻都要被踏破了。」

「太后的人來勸陛下？」

「端王的人也來。都想把他當蠢貨使喚。他還得裝成蠢貨的樣子一個個應付……」

庾晚音嘆了口氣。

是她自我意識過剩了，夏侯澹明顯是被工作拖垮了。

北舟端了碗粥過來，對著人事不省的夏侯澹發愁。庾晚音從他手裡接過碗，「北叔去休息吧，我來。」

北舟拍拍她的肩，走了。

庾晚音坐在床沿看了一陣子，意識到自己幾乎沒見過這人睡著的樣子。每次她入睡的時候，夏侯澹都還醒著；等她醒來，他已經去上早朝了。

他的睡相一直這麼……痛苦嗎？

庾晚音輕輕拍一拍他，「澹總，吃點東西再睡吧。」

夏侯澹沒反應。

「澹總？陛下？」庾晚音湊得近了些，做了個自己都沒有預料到的動作，她的掌心貼上夏侯澹的臉。

下個瞬間，緊閉的雙眼張開了。

庾晚音不由自主瑟縮了一下，將手撤了回去，像食草動物憑著本能嗅到了危險。

一隻冰涼的手抓住她的手腕。

那雙眼瞳裡黑氣翻滾，底色是混沌的，其中沒有任何情緒留存，除了一股瘋勁。

漆黑的眼珠轉了轉，殺氣騰騰地瞥向庾晚音。

庾晚音大氣都不敢出。

彷彿過去了很久，又似乎只是一剎那，那雙眼睛對上了焦，茫然地眨了眨，再睜開時已經恢復了幾分清明。

夏侯澹卸了力道，那隻手仍舊鬆鬆地掛在她的腕上，啞聲問：「我睡了多久？」

「……沒有很久。起來吃點東西？」

夏侯澹無力地動了動。庾晚音猶豫了一下，彎腰去扶他。

夏侯澹忽然浮起一絲笑意，「妳自己吃了嗎？」

庾晚音的心跳還沒恢復正常。她低頭舀了一勺粥遞過去，夏侯澹眼睛望著她，張口接住了。

庾晚音道：「不用管我，我回頭再吃。你……」

「嗯？」

庾晚音想問：你不想被我碰到嗎？

這人清醒的時候，似乎挺喜歡與自己親近，占自己的枕頭，讓自己幫他按太陽穴。然而剛才那反射般的反應，讓她忽然想起昨夜他對謝永兒說的話。

他不僅僅是在排斥謝永兒吧？一個演員出身的人，怎麼會對肢體接觸那麼排斥呢？

有那麼一刻，眼前之人似乎無限接近書中暴君的形象，但暴君也不是天生的暴君，而是被偏頭痛逐步逼瘋的。

……偏頭痛。

這註定不會是個愉快的話題。對方還病著，她最終只是溫聲說：「你今天辛苦了。」

夏侯澹病懨懨地喝著粥，隨口道：「還行吧，除了演戲我也沒做什麼。哦，對了，」他笑了一下，「我還讓楊鐸捷拉著欽天監的老頭子出去夜觀天象，寫了道奏疏。」

當初那批學子中，楊鐸捷與李雲錫才學相當，脾氣也相投，都是火暴脾氣的刺兒頭。但夏侯澹讀過他們的文章，發覺他有一點遠勝李雲錫，就是辯才。

李雲錫這直腸子只會有啥說啥，直抒胸臆，楊鐸捷卻能旁徵博引，舌燦蓮花，豪引天上地下無數例證來說服你。只要是他認定的事，黑的也能說成白的。

所以他被派去欽天監。

楊鐸捷當時對這個安排很不服氣。他入朝是為了參政做事，不是為了編什麼鬼曆法。夏侯澹用一句話說服了他：「我等現在勢單力薄，只好借力於鬼神啊。」

「事實證明他確實能寫，什麼木星與土合，什麼西北歲星赤而有角，總之就是一句話，該和談了，再打下去要慘敗。非常唬人，連太后黨裡都有人被嚇住了。」

庾晚音笑了，「聽起來很順利嘛，接下來只要坐等使臣團就行了。」

夏侯澹道：「……沒那麼簡單。」

他在枕邊摸索一下，遞給庾晚音一封信，「汪昭寄來的，跟燕國的來書前後腳到達，內容有些蹊蹺。」

汪昭的字跡密集而潦草，似乎是匆忙寫就。

他進入燕國之後調查了一番，情勢與傳聞中差不多，燕王紮欏瓦罕和他的姪子圖爾關係緊張，誰也不服誰。圖爾年輕力壯，更得人心；獨眼的燕王不甘讓權，跟旁邊羌國的女王打得火熱。羌國雖然弱小，但善於用毒，耍起陰的來，讓只會用蠻力的燕人很是頭痛，燕王便藉此鞏固自己的地位。

先前大夏一舉將他們打退三百里，逐出了玉門關，燕王逐漸上了年紀，這一戰敗，便覺力不從心，開始退而求和。反倒是圖爾野心勃勃，是不折不扣的主戰派。

夏侯澹並沒有把所有希望都放在和談上，先前給汪昭的指示是：如果不能促成和談，就攪亂一池渾水，設法挑起燕國內亂。這樣等到旱年，燕國自顧不暇，就沒有餘力來大夏趁火打劫了。

結果卻比他預料的更為理想，燕王竟然同意出使。但汪昭卻覺得莫名不安。

他在信中指出，燕王與圖爾的矛盾已經白熱化到了一山難容二虎的程度。但是這一次出使，圖爾竟然沒有大張旗鼓地提出反對。以此人凶悍的脾性，此時保持安靜很是反常。

他此番隨燕國使臣團一道出發，擔心半路會遭遇堵截，所以先行來信提醒，讓夏侯澹注意接應。

夏侯澹道：「妳怎麼看？」

庚晚音搖搖頭，「這劇情已經不在劇本裡了，我給不出什麼主意。」

「沒事，那就走一步看一步吧。」

庚晚音吁了口氣。脫離了原作劇本之後，她心中空蕩蕩的了無憑依，總覺得會有事發生。但走到這一步，各人憑真本事鬥智鬥勇，她又能發揮多大的價值呢？

「別聊了，澹兒你今天不許再用腦子了。」北舟用木盤端來幾樣小菜，又遞給夏侯澹一杯溫水。庚晚音被他趕去一旁吃飯，餘光看見夏侯澹服下兩枚藥丸。

她詫異地問：「阿白這麼快就找到藥了？有用嗎？」連病理都沒查出來，怎麼治療？

夏侯澹頓了頓，含混道：「沒什麼用，死馬當活馬醫罷了。」

「別亂吃啊，萬一惡化了……」

北舟道：「沒事，我驗過的。」

已經惡化了，夏侯澹想。

其實不管他吃不吃藥、吃什麼藥，都不影響這頭疼逐年加重。從偶爾的、微微讓人心煩的鈍痛，一點點地演變成持之以恆鑿釘入腦的酷刑。

大多數時候，他都面不改色地忍耐著。

但總有忍耐不住的時候。幸好他的人物設定是個暴君，突然發個脾氣摔個碗，誰也不會覺得詫異。

後來，那樣的時刻越來越多。

再後來……他也漸漸分不清自己還是不是在演了。

直到那一天。

謝永兒鍥而不捨，又努力地勾引夏侯澹幾次，都沒有成功。

她打扮得一天比一天妖嬈，神情卻一天比一天萎靡。

轉眼又到了本月初一，眾妃嬪去給太后請安時，一個個低眉順眼不敢抬頭——都知道太后最近心情不佳，誰也不願觸這個霉頭。

結果太后一看這如喪考妣的氣氛，更是氣不打一處來。

她幹不過端王，阻止不了燕人出使和談。

欽天監的奏疏剛寫出來，她就收到了信，當即將那群老頭子召來，威逼利誘了一番，想將這道奏疏壓下去。

老頭子唯唯諾諾地去了，結果翌日早朝，那奏疏被一字未改地宣讀了出來。

她勃然大怒，這回直接召了夏侯澹，罵他目光短淺與虎謀皮，還不仁不孝，竟忤逆她的意思，屈服於端王。

夏侯澮詫異道：「所以母后的意思是，為了不讓端王如願，應當再起戰事，將中軍活活拖死？」

太后柳眉倒豎：「皇帝真是長本事了啊！」

夏侯澮一臉死豬不怕開水燙，「多謝母后誇獎。」

太后恨得咬碎了銀牙。

她甚至開始想念庾晚音了。庾晚音獨得聖寵那時，是個多麼好用的軟肋啊，她只要拿那小姑娘稍做威脅，夏侯澮便言聽計從了。

現在庾晚音入了冷宮，她還能找誰？

太后瞇了瞇眼，輕聲道：「那個謝妃最近很是招搖，太過惹眼，哀家倒想管教管教。」

夏侯澮：？

夏侯澮道：「請便。」

太后一想起這事，蔻丹指甲就在掌心掐出印子。

她瞥了謝永兒一眼，橫挑鼻子豎挑眼：「謝妃見到哀家，怎麼一副忍氣吞聲的樣子？」

謝永兒一個激靈，慌忙道：「母后息怒，永兒……永兒適才身體有些不舒服。」

太后道：「哦？哪兒不舒服，說來聽聽。」

謝永兒囁嚅了幾個字。

太后還沒聽清，她卻忽然面色一變，猛然起身衝到一旁，彎腰「哇」的一聲嘔了出來。

太后眉峰一動，隱隱露出詫異之色。

謝永兒把所有能吐的都吐了，還在乾嘔連連，半天止不住，只能眼泛淚光，用跪地的動作討饒。

太后看得傷眼，皺著眉頭揮揮手，「扶她下去休息。」

等到眾妃都告退了，太后仍在原地端坐不動，慢條斯理地拈起果盤中的龍眼吃了。

她輕聲問：「當初不是送了避子湯嗎？」

後宮裡沒有祕密可言，謝永兒早上吐了那一場，到晌午時已經盡人皆知。入夜之後，連冷宮中的庾晚音都聽說了——還是夏侯澹跟她八卦的。

庾晚音眼皮一跳，「你知道這通常意味著什麼嗎？」

「懷孕？」夏侯澹搖搖頭，「現在都這麼傳，但我沒碰過她啊。」

庾晚音表情複雜。

夏侯澹反應了過來：「……啊。」

庾晚音拍了拍他。

「所以她最近見到我就跟餓虎撲食似的，原來是為了讓我『喜當爹』？」

這用詞成功地戳到了庾晚音的笑點。她忍了又忍，同情道：「八成是這樣了。」

夏侯澹困惑道：「可她喝過避子湯了，當著我的面喝的，一大杯。」

「那杯茶裡除了避子藥，還有迷魂藥，或許藥性衝突，抵消了一部分。而且謝永兒是天選之女，天賦異稟的，在原作裡頂著太后和各方宮鬥勢力的壓迫，也頑強地懷了孕——順便一提，孩子也不是你的。」

「是誰的？」

庾晚音又拍了拍他。

夏侯澹無語，「端王居然如此魯莽，我真是高看他了。」

「喝過避子湯了嘛，雙方都覺得很安全。他或許還想著即使真的有了孩子，也可以蒙混過關，畢竟誰能想到你居然……守身如玉，碰都不讓碰呢。」

回想起夏侯澹驚醒時那一臉「吾好夢中殺人」的樣子，庾晚音笑容裡忍不住帶上一絲揶揄。但再想起他對謝永兒敬謝不敏，便又有一絲竊喜。

她是現代社會成年人，長得不差，穿來前也交過男朋友的。而夏侯澹以前既然是演員，在那種狂蜂浪蝶特別多的行業，一直單身的可能性就更低了。

她不介意前任這種存在。但有過前任是一回事，穿成皇帝後順水推舟地坐擁後宮，那是另一回事。

前者還在感情範疇，後者就差不多在道德層面了。

以前她沒有淪為戀愛腦，也就沒有特別留意。現在她降級了。她唾棄自己。

夏侯澹淡淡道：「我又不喜歡她。」

「看不出來，你還挺正人君子的，實在是這吃人的皇宮中的一股清流。」庾晚音半開玩笑地誇獎道，卻沒有得到預想中的回音。

她意外地抬頭望去，恰好捕捉到夏侯澹垂下眼簾的動作。他延遲了半拍，才微笑道：「多謝誇獎，我也這麼覺得。」

庾晚音愣了愣。

夏侯澹在她面前，似乎很少露出如此虛假的笑意。

各方博弈了大半個月，太后或許是不想落下一個不顧大局的名聲，最終鬆口，同意放燕國使臣入朝賀歲。

秋色漸深，禮部已經開始著手為冬日的千秋節做準備了。

千秋節是皇帝的壽辰，按理應是舉國同慶的大事。但上回在國庫門前鬧了那麼一場之後，夏侯澹便順勢提出儉政節用，今年為太后修陵寢耗資巨大，自己的千秋宴便一切從簡。

消息傳入民間，加上今年的幾道政令，夏侯澹的名聲大有改善——至於被他順帶暗損了一把的太后如何反應，就不為人知了。

但無論如何從簡，祝壽的酒宴還是免不了的。今年除了群臣之外，還安排了周邊幾個小國的使臣來朝獻禮。

禮部忙得熱火朝天，連帶著欽天監也多出許多活計。

楊鐸捷焦頭爛額。

他作為剛進欽天監的底層官員，順理成章地被安排了最累的活——每天兩頭奔波，與禮部對接，敲定各種良辰吉時、器物方位和儀式順序。

最讓他不滿的是，這工作不創造任何實際價值，全是面子工程。

楊鐸捷和李雲錫一樣，講求實幹，對這些流於形式的繁文縟節非常鄙夷。他一邊巧舌如簧，為一個開飯時間找出八種說法，一邊心中苦不堪言，甚至開始懷疑自己入朝是否值得。

就在這種情況下，夏侯澹還在小組會議上下令：「楊愛卿爭取一下，禮部安排接待燕國使臣的流程時，你也儘量參與。」

楊鐸捷澈底尥蹶子了。

他尥蹶子的方式比李雲錫藝術得多，「陛下，這燕國如果來者不善，咱們再如何精心接待，恐怕也不能使他們回心轉意啊。」

夏侯澹面無表情地將一封信放到桌上，「汪昭在使臣團出發不久前寄出的，前幾日才收到。」

眾人閱後大驚。

汪昭表示自己臨時改變行程，不再與使臣團一道回大夏。原因是燕王熱情好客，一再挽留，請他多留些時日，共敘兩國情誼。

爾嵐道：「汪兄他……」

夏侯澹道：「沒有別的消息了。」

君臣幾人面面相覷，一時間無人說話。

任何有腦子的人都能感覺到其中的蹊蹺。

楊鐸捷掙扎道：「兩國交兵，尚且不斬來使，燕國竟然不把汪兄送回，該不會已經……」

夏侯澹卻很淡定，「原本也沒指望他們安好心。兵來將擋，水來土掩，咱們這邊也不是全無準備。所以你必須參與接待他們，到時才好便宜行事。」

太后身旁的大宮女密切觀察謝永兒一陣子，覆命道：「謝妃一切如常，並未再在人前嘔吐。但她很是警覺，奴婢幾次設法送去滑胎藥，或許是氣味不對，都被她直接倒掉了。」

太后冷哼一聲。

大宮女連忙跪地道：「當初那杯避子湯，是奴婢親自送過去的，據說謝永兒喝下之後反應還很大。既然喝了，理應沒有差池。其實謝妃也未必是受孕……」

「哦？」

大宮女壓低聲音：「陛下的房事一向……否則當年，小太子也不會如此難得。」

太后不知道想到了什麼，嗤笑一聲：「沒用的東西。」

大宮女陪著一起笑，跪行過去為她剝起龍眼，「唉，陛下被那個行刺的美人嚇破了膽，想是從那之後就……呵呵，有些艱難。」

太后拈起圓潤的果肉，「妳懂什麼？他知道自己只是個傀儡。他不聽話，所以哀家想要更小更聽話的傀儡。有了小太子，他就失去了價值。」

大宮女訝然道：「主子是說，陛下從一開始就是演的？」

太后冷冷道：「演又如何，不演又如何，還不是要聽憑哀家擺布？哼，當了這麼多年棄子，臨了卻以為自己翅膀終於硬了，敢與哀家對著幹？」

她一口咬破龍眼，汁水四濺，「和談，哀家讓你談出個天崩地裂。」

第十二章　追妻火葬場

庾晚音正在寫紙條給端王。

這冷宮最大的好處就是讓她不必與端王見面。外頭的侍衛看似是在監禁她，其實也是在保護她，無形中阻斷了所有窺伺的目光。大門之內還設了一重暗衛，就像從前的貴妃殿一樣固若金湯。

在那場血腥魔術之後，端王似乎認定她是個可用的工具人，三不五時便要遞紙條進來給她。

他的紙條風雅得很，筆跡秀逸，用詞也考究，總是一番繾綣情話。庾晚音從字縫裡看出字，整張紙寫的都是「幹活」。

庾晚音這個天眼，有時開得十分積極，盡力幫著他與太后鬥法。參考著胥堯留下的書，她對他的行動總能給出精準的預言，還附帶幾句「我看到你大獲全勝」的吉利話。

有時則開向奇怪的地方，「昨夜夢見謝永兒獨自垂淚，小腹隆起，不知是何預兆。」可能是她試探得太明顯，對方沒有回應。

還有些時候，她也必須幫端王打壓一下夏侯澹。

按照胥堯留下的書，端王繼續按計畫行事的話，很快便要鬥垮太后黨，將注意力轉向皇位了。但庾晚音還不能妄動。

就像他們之前商量的，她其實只有一次機會。一次之後，無論成敗，她都再也無法對端王施加影響。

每一次紙條交換，都是一步鉤心鬥角的棋，落子無悔。她的反應遠比不上端王迅速，往往需要考慮很久才落下一子。以前面對面、話趕話地打機鋒，她每次都緊張得汗毛直豎。如今隔著厚厚一層宮牆，她的壓力一下子減輕不少。

冷宮還有另一個好處，就是擋住了外頭的三宮六院。

自從謝永兒那驚天一吐，後宮裡最近風雲湧動，而且宮鬥劇情早已如脫韁的野馬般掙脫了劇本一去不返。

庾晚音躲著吃瓜，自知不是那塊料，為免遭受池魚之殃，還是一步都別出去為好。

結果，越怕什麼就越來什麼。

她不宮鬥，宮卻要鬥她。

庾晚音剛寫好紙條，只聽門外傳來一道尖銳的聲音：「本宮要進去，區區廢嬪，有什麼資格攔下本宮？」

庾晚音：「……」

這聲音有點耳熟，是誰……

每篇宮鬥文裡都有那麼一個或幾個情真意切傾慕皇帝、愛而不得的苦命妃子。

在這個故事裡，這個角色叫「淑妃」。

淑妃已經快活了一段時日。

自從那獨得聖寵、不可一世的庾晚音派人毒她不成，自己卻被貶入了冷宮，淑妃便每天傅粉施朱，環佩叮噹，蓮步輕移，以主母的姿態從所有妃嬪面前踱過。

然而左等右等，仍舊等不來夏侯澹的召見。

淑妃迷惑了，淑妃焦慮了。

夏侯澹甚至為她懲罰了庾晚音，為何卻獨獨不肯見她一面？

淑妃使出渾身解數，賄賂了安賢，趁著夏侯澹經過御花園，製造一場邂逅。當那道朝思暮想的修長身影出現在迴廊，她訝然轉頭，眼波流轉，儀態萬方地朝他行禮。

夏侯澹道：「讓開。」

夏侯澹走了。

淑妃失魂落魄。

她終於意識到，這個故事從頭到尾都與她無關。夏侯澹懲罰庾晚音，是因為他惱恨庾晚音——而她淑妃連怒火都不配得到。

她不好過，庾晚音也別想好過。

隨著時日推移，庾嬪依舊被困在冷宮裡，眼見著已經失去了復寵的可能。

淑妃今日就是來找場子的。

冷宮封閉多時的大門發出令人牙酸的吱呀聲，淑妃帶著數名宮人跨進院中。

庾晚音迎了上去，將手背在身後搖了搖，示意暗衛稍安毋躁。總不能為了這麼個宮鬥戲碼就暴露了暗衛的存在。

淑妃上下打量她一眼，有些意外，吊著眼睛道：「喲呵，在這鬼地方待了這麼久，妹妹這張狐媚臉蛋倒是越見嬌嫩了。」

庾晚音道：「多謝姐姐誇獎。」

淑妃怒道：「見到本宮，為何不行禮？」

庾晚音規規矩矩一禮，「是妹妹逾矩了，萬望姐姐恕罪。」

淑妃朝旁側使了個眼色，小太監上前兩步，尖聲道：「請罪就該有請罪的樣子，還不跪下？」

庾晚音靜止了兩秒。

在這兩秒間，她做了些計算：要是起了肢體衝突，暗衛肯定會現身於人前。一旦讓淑妃知道此處的祕密，此人就成了禍患。活人是不會閉嘴的，但殺人的滋味，她也不想再體會了。

「怎麼，不願跪嗎？」小太監高高舉起手掌，氣勢洶洶走來。

庾晚音「撲通」一聲跪下了。

小太監卻一秒沒有遲疑，仍舊一掌抽向她的臉！

暗衛的刀已經出鞘了。

庾晚音突然舉起手，勉強擋下那一巴掌，起身拔腿就跑。

她這一跑超出所有人的意料，連暗衛都愣住了——宮鬥裡好像從來沒有這個選項。

淑妃大喝道：「給我站住！」

太監、宮女一哄而上，追著她打。

庚晚音「狗急跳牆」，被逼出了極限速度，一道風一般颮進室內，反手「砰」的一聲甩上了木門，悄聲招呼暗衛：「快快快，來加固！」

門外，淑妃氣到七竅生煙，吩咐身後的宮人：「還不去推！」

宮人一擁而上，奮力推門，繼而手足並用，又踹又砸，那木門彷彿裝了鋼筋鐵骨，愣是不倒。

淑妃像一頭暴怒的母獅般兜了幾圈，道：「拿斧子來，把門劈開。」

庚晚音：「……」

太拚了吧，這是奔著索命來的啊。

暗衛道：「請娘娘進地道暫避。」

庚晚音道：「那你們記得遮掩好入口，可別把地道暴露了。」

暗衛道：「陛下吩咐過，若有人發現地道，當場格殺。」

庚晚音苦笑道：「這就是傳說中的送人頭吧……」

木門上一聲巨響，宮人劈下一斧子。

恰在此時，外頭傳來陰陽怪氣的一聲：「淑妃娘娘，這是在尋什麼樂子呢？」

淑妃回頭一看，是安賢。

這大太監的出現彷彿讓她遭受了重創，她原地搖晃一下，氣焰頓消，「安公公？」

安賢道：「陛下吩咐過，這冷宮不可放人探望，還請淑妃娘娘去別處散步。」

淑妃回去之後招來姐妹團，又哭又罵。

「小浪蹄子，失寵了還有如此手段，竟能哄得安公公照拂她！」

謝永兒坐在最角落裡，面帶病容，安靜地聽著。

謝永兒以往最得淑妃信任，然而自從疑似有孕，便引燃了淑妃的妒火，如今在姐妹團裡被排擠得厲害。

她聽著眾人你一言我一語地罵了半晌，方才開口道：「姐姐，此事有些奇怪。」

淑妃瞥她一眼：「怎麼？」

「安賢一向見風使舵，若是失勢的妃子，他看都不會多看一眼，又怎會特地趕到冷宮？他為庾晚音出頭，就說明他覺得庾晚音還有價值。」

淑妃大驚：「莫非那賤嬪還能復寵？」

謝永兒低頭：「我不知道，但為今之計，還是別再去招惹她為妙。」

與此同時，庾晚音正在苦勸夏侯澹：「淑妃不能拖下去啊。」

「能。」

「你拖了她，端王就會知道我沒失寵，那之前演那麼多戲不就全白費了！」

「這次不拖，以後別人也舉著斧子來找妳呢？」

「……我的人緣也沒那麼差。」

夏侯澹正色道：「晚音，這冷宮存在的目的是保護妳。它失效了，妳就必須搬出去了。」

庾晚音心中一暖，隨即堅定搖頭，「好不容易騙到端王……」

「這個我已經想好了。」夏侯澹笑道：「接下來咱們這麼演：我轉念一想，還是需要妳的天眼的，所以恢復妳的妃位，放下身段苦苦求妳回心轉意；妳卻已經受盡苦難，與我離心離德，從此心扉只對端王敞開。」

「追妻火葬場？」閱文無數的庾晚音精準概括。

夏侯澹：？

夏侯澹道：「啊對。」

庾晚音後知後覺地意識到自己說了什麼，臉熱了一下，忙道：「也可以考慮，畢竟以端王的腦子，應該不相信你會放著我不加利用。這情節在他看來會比較合理。」

夏侯澹舒了口氣，起身便走。

庾晚音對著他的背影愣神，「去哪？」

「拖人。」

庾晚音對那淑妃實在沒什麼好印象，只囑咐了一句：「別殺人啊——」

「不會。」夏侯澹語氣輕鬆，遮掩住眼中閃過的血氣。

庾晚音又變成了庾妃，搬回了剛穿過來時住的那個宮殿。

她搬出冷宮的時候，淑妃已經被關進了另一座更狹窄破敗的冷宮。因此，她沒見到淑妃進去的時候是什麼形貌。

她只知道別的妃嬪望向自己時，隱隱帶了幾分驚懼之色。

夏侯澹開始表演追妻火葬場，三天兩頭往她的宮裡送些衣裳首飾。庾晚音則冷若冰霜，整日裡素面朝天不加打扮，一副哀莫大於心死的樣子。

過了幾日，千秋節到了。

千秋宴上，庾晚音與其他女眷聚集在偏殿用膳。

她現在只是普通妃子，又因為太后不喜，位子被安排到後排，恰好在窗邊。

為了表現對夏侯澹的冷淡，她穿了一身淺淺的青，髮間也只用一枚素銀簪子裝飾，放在這種場合，煞風景到了叛逆的程度。偏偏配上她這張臉，也有種氣勢奪人的冷豔。

明裡暗裡有無數目光投來，全部被她無視了。

反正看不到正殿那邊的情況，她索性專注對付面前的食物。在冷宮裡雖然也有小灶，但這麼豐盛的宴席卻是久違了。

遠遠地傳來一聲唱名：「燕國使臣到——」

庾晚音轉頭朝窗外望去。

來者有三十多人，有男有女，高鼻深目，一看就不是中原人的長相。男人個個身材強壯，穿著裘衣；女人容顏姣好，身形曼妙，全身佩戴著繁複的首飾，一步步叮咚作響，似是舞姬。

為首一人是個中年男子，臉龐有些發福，笑得還挺和氣。但庾晚音的目光卻被他身旁的人吸引了。

那人穿著打扮與其他從者並無不同，只是身材最為魁梧，留了一大把絡腮胡，遮住了大半張臉，只露出一雙深深陷在眼窩裡的眸子。

庾晚音在窗邊探頭探腦時，那男人突然微抬起頭，陰鷙的目光朝她直直射來。

隔了那麼遠，她卻渾身一麻，彷彿野獸被捕獵者盯上，心頭一片寒意。

庾晚音慌忙縮回腦袋。

等她再去看的時候，使臣團已經進了正殿。

那發福中年人正對夏侯澹呈上賀禮，說話嘰哩咕嚕的，帶著很重的口音：「燕國使臣哈齊納，恭祝大夏皇帝陛下壽與天齊。」

夏侯澮客客氣氣地收下了，抬手請他們落座。

哈齊納又道：「我等此番還帶來了燕國舞姬，願為陛下獻上歌舞。」

夏侯澮道：「甚好。」

便有幾個燕人去借了殿中教坊樂師的樂器，輕輕撥了幾下弦，充滿異域風情的音樂流淌而出。

鼓點響起，樂聲一揚，美豔的舞姬款款入場。

便在此時，忽然有人尖聲道：「這美人獻舞自然是妙事一樁，只是為陛下計，恐怕應當先仔細搜身，才比較穩妥吧？畢竟距離上回燕姬入宮，還未過去太久呢！」

音樂驟停，殿中落針可聞。

誰都能聽出這話在影射當年行刺未遂的珊依美人。

滿殿臣子暗暗交換眼神，有人偷眼望向了端坐在皇帝旁側的太后——這出言發難的臣子是太后黨的人。

哈齊納臉上的橫肉一陣古怪地抖動，顯然在強忍怒火。

夏侯澮道：「放肆！」

那大臣熟練地跪下，「臣冒死諫言，是為陛下安危著想呀！」

哈齊納卻在這時擺了擺手，「無妨，我等本為祝壽而來，無意挑起爭端。既然這是大夏皇宮的規矩，那麼搜身便是了。」

偏殿中全是女眷，氣氛悠閒。讓人害怕的太后和皇帝今天都不在，眾人舉止比往常隨意了不少。一群年輕女子邊吃邊聊，像是普通聚餐。

正殿那頭傳來隱約的樂聲。妃嬪們饒有興致地側頭去聽，樂聲卻又戛然而止。

眾人面面相覷。

在千秋宴上出這種岔子，委實有些古怪。當下就有幾人離席湊到窗邊去探頭張望，餘下的也議論紛紛。

只有兩個人紋絲不動地坐在原位。

一個是謝永兒。謝永兒蔫得像霜打的茄子，往正殿的方向瞥了一眼，又默默收回目光。

另一個是庾晚音。她卻是在觀察謝永兒。

感覺到有人在看自己，謝永兒倏然抬頭，發現是庾晚音後卻沒再移開目光，就那樣愣愣地與她對視著。

幾息之後，她站起身，端著酒杯走了過來，「姐姐，我敬妳一杯。」

庾晚音道：「啊……應該是我敬妳。聽說妳當時勸過淑妃別再找我，我很感激。」

謝永兒沉默著，苦笑了一下，「我現在明白妳說的了。大家都是可憐人罷了。」

她滿腹心事，舉杯欲飲，庾晚音攔了一下，「酒對身子不好，喝茶吧。」

謝永兒聽出她的暗示，動作一頓，像隻警覺的母貓般弓起了身子。

庾晚音努力打消她的戒心，「沒事的，妳可以相信我……」

謝永兒卻無意再談，將杯中酒一飲而盡，匆匆回到自己的位子。

沒過多久，她突然失手打翻了酒杯。

庾晚音詫異地轉頭去看，謝永兒已經帶著侍女離了席，躬身朝偏殿的側門走去。

不知她找了什麼理由，越過侍衛，轉眼消失在夜色裡。

庾晚音用力眨了眨眼。

她應該沒有眼花，方才謝永兒的衣裙上滲出一點血跡。

庾晚音後知後覺地站了起來。

我靠，真滑胎了？

那她這是要跑去哪？

庾晚音自然知道古代滑胎有多危險，搞不好要出人命的。天選之女死了不是玩完了？這本書該不會要腰斬了吧？

顧不得多想，她忙撇下侍女，跟著跑了出去。門外侍衛狐疑地看著她，「娘娘可有要事？」

庾晚音哂笑道：「……人有三急。」

她轉頭四顧，已經不見謝永兒的人影。

正殿的方向倒是又傳出了樂聲。

音樂聲起，將竊竊私語蓋了下去。舞姬們通過了搜身，開始翩翩起舞。

夏侯澹端起酒杯喝了一口，目光從杯沿上方投向殿中諸人。有人嗤笑，有人疑惑，還有人滿臉緊張。

緊張的那個人似乎感覺到什麼，戰戰兢兢地抬頭瞥了一眼。

這一眼正正對上天子的雙目，他嚇得一個激靈，突然起身，隔了兩秒才驚呼道：「哎……哎呀！我腰間的玉佩怎麼沒有了？」

左右應聲道：「王大人不要急，再找找。」

「已經找過了，附近都沒有，我入席時明明還佩戴著的……」那王大人說著，望向了坐在自己旁邊的燕國人。

這一眼的影射之意已經昭然若揭。

那燕國人一臉陰沉，嘰哩咕嚕說了句什麼。

哈齊納也走了過去，冷冷道：「既然懷疑，那麼搜身就是了。」

王大人面對著高大的燕人，手指有些發抖，硬撐著伸向對方的衣襟。

等他收回手，指間捏著一枚玉佩。

王大人道：「怎會在這位使者身上？」

那燕人大吃一驚，緊接著勃然大怒，一把摔了手中的酒杯。

摔杯這動作可是極其危險的訊號，附近的大內侍衛瞬間呼啦啦冒了出來，將他們團團圍住，手中的兵刃直指那群燕人。

哈齊納氣到手抖，轉身去看夏侯澹，「你……你們……」

有人按了下他的肩。

按他的正是那個格外魁梧的從者。哈齊納轉過頭，兩人飛快交換一個眼神。

哈齊納深吸一口氣，咬牙躬身道：「我們是荒蠻的人，沒有見過這樣的繁華，他或許一時起了貪念，還請見諒。」

他話音剛落，魁梧從者反手一拳，揮向那個被指為小偷的漢子，直接將人掀翻在地。

哈齊納道：「隨你們處置。」

太后看戲到現在，慢悠悠地開口了：「嗯，既然使者喜歡玉佩，送你們就是了，不要為了這一點小事壞了兩國情誼。」

王大人笑著將玉佩丟到地上那漢子的身上。

燕人紛紛變色，氣得臉都青了。

漢子一眼沒看玉佩，緩緩站了起來，任由玉佩隨著他的動作滑落，伴著一聲清響碎成兩半。

殿內氣氛劍拔弩張，有一根弦繃到了行將斷裂的程度。

夏侯澹開口了：「王愛卿，這玉佩是你從哪裡搜出來的？」

王大人一愣，躬身道：「回陛下，是他的……衣襟之內。」

夏侯澹道：「是嗎？是哪裡？」

王大人剛才那一番搜身的動作被所有人看在眼中，此時只能硬著頭皮說：「似是胸口處。」

夏侯澹道：「朕看這些燕人的衣服，似乎無法像我們一樣貼身，這麼小的東西塞入衣襟，竟能被固定在胸口處？真有趣，快重新演示一遍。」

王大人：「……」

哈齊納嘰哩咕嚕地吩咐了兩句，被指控的漢子行了一禮，撿起半枚玉佩，放入自己衣襟。

又是一聲清響，玉佩直接掉到地上，摔得更碎了。

王大人早已嚇得面如土色，「這……或許有什麼誤會……」

夏侯澹道：「看愛卿的袖口，倒像是能固定住玉佩的樣子。不如你塞進去讓我們瞧瞧？」

王大人哪還敢動，只是磕頭。

夏侯澹興味索然道：「行，拖下去吧。」

王大人被拖下去了。

當下哈齊納一臉感動，連贊君主聖明；夏侯澹則一臉歉意，親自賜了一杯酒給那被冤枉的漢子。

音樂又起。

席間再無人說話。

在場的人都接收到同一個訊號：皇帝這是澈底與太后翻臉了。

如果目光能化為實體，太后已經把夏侯澹射成了篩子。

夏侯澹恍如未覺，恭敬道：「母后，兒臣敬妳？」

便在此時，有個太監匆匆跑來，貼在太后耳邊說了幾句話。

太后頓了頓，怒容一收，唇邊忽然浮起一絲笑意，對夏侯澹道：「哀家聽說方才有兩個妃子突然離席，出了偏殿，看方向似乎是跑入了御花園的林子裡。是誰來著？」

太監躬身道：「是庾妃和謝妃。」

夏侯澹眉間微微一動。

「好像還有個妃子衣上見血了……」太后無奈道：「哀家這就去看看，皇兒在此主持壽宴吧。」

太后直接甩袖走人。

滿堂文武都在偷看天家的鬧劇，只有一個人仍舊望著燕國使臣團。

燕人陸續重新歸位時，端王也站起了身。他似乎要去向皇帝祝酒，與燕人擦肩而過時卻不慎失手，酒杯墜落下去。

——落向一個人的腳尖。

那人足尖反射性地一掂一偏，將酒杯穩穩接住，滴酒未灑。

但只是一瞬間。

這個瞬間過後，那杯酒又循著原有的路線，從他腳上滾落下去，潑濺了一地。

「實在抱歉。」端王溫文爾雅地抬頭，看向那魁梧從者。

從者道：「……無妨。」

端王驚訝似的睜大了眼，「你的官話說得真好。」

從者一個躬身，走開了。

端王轉頭望著殿上叮叮咚咚起舞的美女，自言自語般輕聲說：「真是人間絕色，可惜，還是比不上當年的珊依美人。」

他沒去看那些燕人的反應，做出一副自悔失言的樣子，搖頭不說話了。

回到席間，他輕輕使了個眼色給身旁的心腹，比了個優雅的手勢。

只有心腹知道這手勢的意思：派人跟蹤。

此時此刻，所有要人都聚集在千秋宴上，御花園附近看守很鬆。

庾晚音在黑燈瞎火的林子裡轉了半天，耳朵終於捕捉到一道粗重的喘息聲。

「妹妹？謝永兒？」她循聲走去。

謝永兒癱在一棵樹旁，倚著樹幹喘著粗氣。借著月光和遠處微弱的燈火，庾晚音看見她裙上的斑駁血跡。

庚晚音道：「妳這是……」

她心驚膽戰地檢視一圈，沒在地上看見什麼恐怖的肉團，不禁鬆了口氣。

遠處傳來腳步聲，數盞宮燈搖晃，似乎有一群人在朝此處走來。

庚晚音情急之下不及細想，「妳還能站起來嗎？妳先跑回去換身衣服，我來擋他們一下。」

謝永兒瞪著她，那眼神很迷茫。

庚晚音瞧出她已經是強弩之末，「有什麼事回頭再說，先走。」

謝永兒沒有動，苦笑道：「我站不起來了。」

來人已經到了眼前。

太后道：「妳們這是幹什麼呢？呀，怎會有血在那種地方。」她舉袖擋住臉，別開了眼，像是見不得這種污穢。

庚晚音硬著頭皮解釋：「臣妾也不知，許是受了傷？」

地上的謝永兒卻神志不清，喃喃了一句：「是方才那杯酒……」

她短暫地吸了口氣，腦袋一歪，暈死了過去。

謝永兒剛發現自己懷孕時，簡直難以置信。

事情的起因無非是一些情到濃時，一些爭風吃醋，以及一場蓄意醉酒。她想拴住端王的心。她以為自己喝過避子湯，應當萬無一失。

誰能想到那鬼東西對她沒用！

端王知曉之後倒是氣定神閒，還溫柔安慰她道：「沒事的，我與皇帝長相差得不遠，孩子生下來也不會有人發現異常。」

謝永兒驚恐道：「可皇帝並未……」

「並未什麼？」

謝永兒住口了。那瞬間，她覺得夏侯泊的目光裡有某種可怕的東西蠢蠢欲動。

她不能讓端王知道皇帝沒碰過自己，因為他肯定會逼迫自己墮胎。

作為一個現代人，她知道古代墮胎的手段有多危險。

但她還有辦法，可以趁著沒有顯懷，趕緊把夏侯澹辦了，替孩子上個戶口。

這原本應該是個挺簡單的任務——如果夏侯澹不是那樣的怪胎的話。

謝永兒死活想不明白，自己都主動送到嘴邊，夏侯澹怎麼能八風不動地當柳下惠。

難道他真的不行？原文裡沒這麼寫啊！

隨著時間推移，事態漸漸滑向了絕望的深淵。

一場嘔吐誤事，引來了太后橫插一腳。

太后開始想方設法對她下藥。

起初她以為太后此舉是因為發現她與端王私通。後來仔細一想，若是那樣，她早就被直接賜死了。太后並不知曉實情，卻依舊出手了。

後宮這些年沒有任何皇子誕生是有原因的，太后只允許有一個小太子。

也就是說，無論孩子上不上戶口，都只有死路一條。

謝永兒終於死心，轉而想辦法科學墮胎。

她是天選之女，總有些特別的機緣，比如太醫院中就有個天才學徒與她投緣。她正一步步獲取他的好感，想讓他瞞天過海幫自己配個安全的藥。

與此同時，她還得時刻警惕著所有食物和水，以免被太后得逞。她看過原作，知道太后手裡全是虎狼之方，她吃下去，九死一生。

眼見著安全的藥方就要配成，沒想到在千秋宴上功虧一簣。

喝下那杯酒後，她腹中絞痛，眼前發黑，勉力支撐著逃出偏殿，只來得及躲進樹林就跌倒在地。

那噩夢般的過程發生時，只有一個侍女陪伴著她。

她慶幸當時一片黑暗，看不清楚胎兒的樣子。她讓侍女獨自逃走，換個地方將那塊肉掩埋。

再之後，庾晚音就來了。

謝永兒醒來的時候，已經在自己的床上了。

一個太醫正在幫她把脈。

床邊站著太后和一臉委屈的庾晚音——庾晚音純屬躺槍，因為身在事發現場而不得脫身，被押來接受審問。

太后問：「怎麼樣？」

太醫道：「這……出血很多，脈象虛浮，似是滑胎，但又不見胎兒……」

太后立即道：「若是滑胎，那可是大事，快去通知陛下。」

謝永兒猛然抬眼。

不能讓夏侯澹知道！夏侯澹知道了，自己就死定了！

她掙扎著支起身來，「母后容稟，臣妾原就沒有身孕！只……只是當日因為腸胃不適，在人前嘔吐過，想是有人誤以為我懷了龍種，竟在酒中下毒……」

太后道：「妳的意思是，有人下毒想讓妳滑胎，所以妳雖然腹中無子，卻還是出血暈厥？」

謝永兒道：「是。」

太后眨了眨眼，「那是誰下的毒呢？」

謝永兒慢慢抬頭，不敢與她對視，只盯著她的下巴。

太后殷紅的嘴唇一張一合，「謝妃若是知道什麼，務必指認出來。」

謝永兒的思緒遲緩地接上了。

她不能指認太后，除非嫌命太長。

但她出血又是事實，所以必須有一個人揹鍋。

床邊的庾晚音眼睜睜地看著謝永兒慢慢轉向自己。

庾晚音：？

太后大喜，「看來庾妃與此事脫不開干係啊。」

庾晚音猛然跪地道：「當時是謝妃主動向臣妾敬酒，臣妾絕對沒有碰過她手中的酒杯！」

太后道：「那妳為何追著她跑出來？」

庾晚音道：「……臣妾只是擔心……」

太后根本不想聽解釋，「來人，將這兩個妃子關在此處，沒有哀家的吩咐，不得離開。」

她揚長而去，房門「吱呀」一聲闔上了。

如果目光可以化為實體，庾晚音已經把謝永兒的整張床付之一炬了。

是故意的，這女人絕對是故意的。

她知道此胎非墮不可，那杯毒酒不喝不行，所以如何都要拖自己下水。她來敬酒，那就是明晃晃的釣魚行為！

夏侯澹那邊也不知道怎麼樣了，自己被絆在這出不去，回頭還不知道要被太后扣上什麼罪名。

謝永兒躲避著她的目光，破天荒地露出一絲愧疚的神色。

庾晚音已經對這個人澈底失望。

雖然是個紙片人，好歹也是現代設定，格局怎會如此之小？

疲憊與怒意交織之下，她衝動地做了個決定。

是時候放棄懷柔策略了。

端王已經快幹倒太后，很快就會拿出全力對付夏侯澹，留給他們的時間不多了。

一個宮女端著藥碗走來，「娘娘請服藥。」

謝永兒對宮人遞來的液體產生了心理陰影，「不用了，我沒事……」

庾晚音陰陽怪氣道：「妹妹身子有恙，還是該好好喝藥，可不能捨本逐末。」

謝永兒低頭不語。

庾晚音道：「這就彷彿有一天妳騎著馬，在深山裡迷了路，身上沒有食物，妳找啊找啊，最後找到了一條河，河裡有魚，妳想釣魚。」

謝永兒：「……」

庾晚音道：「但妳沒有魚餌，於是看向妳的馬。」

謝永兒一臉空白地望向她。

庾晚音道：「妳把馬殺了，剁碎了馬肉當魚餌。魚釣到了，但妳的馬也沒了。這一切，真的值得嗎？」

謝永兒凝固了。

她不知道宮女是何時退下的，自己又和庾晚音四目相對了多久。

彷彿過了一個世紀，她終於張了張嘴：「妳……妳是……」

「這還有別的可能嗎？」庾晚音走到床邊望著她，輕聲說：「我累了，我們打開天窗說亮話吧。」

謝永兒的眼睛失去焦距，視野一片模糊。

她努力對了對焦，卻瞧見庾晚音身後，房門上映出一道修長的人影。

謝永兒一下子汗毛倒豎，試圖阻止庾晚音：「別說了。」

庾晚音卻無視她的眼神示意，「逃避是沒有用的，妳已經清楚我是誰了。」

謝永兒冷汗直下，「什麼妳是誰，我怎麼不明白……」

「我覺得妳非常明白我的意思。」

庾晚音見謝永兒還是一味閃躲，漸漸暴躁起來，原想直接說句「how are you」，臨時想起門外還站著侍衛，便轉而走到桌邊抄起一支筆，在宣紙上龍飛鳳舞地寫下這句話。

她舉著紙張走回床邊，半路腳步一頓，也望向房門，「陛下？」

那抹影子動了動，夏侯澹推門走了進來。

謝永兒今夜情緒幾番大起大落，已經到了精神失常的邊緣，沒等庚晚音說什麼，她憑著求生的本能搶白道：「陛下，庚妃方才一直在說奇怪的話，還在紙上寫些鬼畫符，臣妾有些害怕！」

庚晚音：「……」

夏侯澹一手搭在庚晚音肩上，問謝永兒：「妳早已發現朕在門外，還故意引她說話寫字？」

謝永兒：？

夏侯澹道：「魚釣到了，但妳的馬也沒了，這一切，真的值得嗎？」

謝永兒：「……」

謝永兒凝為雕塑的時間裡，庚晚音耐心等著她回魂，順帶低聲問：「你怎麼來了？」

夏侯澹道：「聽說有人嫁禍給妳，我來撈妳啊。」

「那太后……」

「她讓人驗了謝永兒離席之前喝的那杯酒，其中被下了滑胎藥。然後她又說謝永兒親口說是妳下的毒，帶了人要來抓妳入獄，我攔住了。」

「然後呢？」

「然後我說要親自來審一審謝妃。她指責我是想屈打成招，逼人改口。我就說，既然要澈查，那乾脆好好清算清算。」

夏侯瀧眉頭一皺，當場演了起來：「母后，治標不如治本哪。宮中一切進出皆須造冊記錄，妃嬪無故不能出宮，這種毒藥卻能混進來，防守之疏忽簡直令人髮指！」

庾晚音配合道：「皇兒的意思是……」

「依兒臣看，就先將今日侍奉宴席的所有太監、宮女嚴刑審問一遍，若是無人招供，再逐一擴大範圍，守門侍衛也要一一排查，務必查出是誰弄來的藥材。來人——然後我指了指太后身邊那大宮女，」夏侯瀧自帶旁白，「若朕沒有記錯，妳也在千秋宴上吧？」

庾晚音柳眉一豎，盡得太后真傳：「哼，皇兒莫不是在暗示什麼？」

夏侯瀧憂慮道：「母后息怒，兒臣唯恐母后身邊有歹人藏頭露尾，危及母后啊——然後這事就黃了。反正太后記我的仇都記了三千本了，也不差這一樁。」

他說得輕描淡寫，庾晚音卻聽得驚魂不定。

「真有你的，夏侯瀧。」她有些後怕，「你是一點也不怯場啊。」

「必須的，她自己做了虧心事，較真起來也該是她先慌。」夏侯瀧瞥見庾晚音手中那張寫著英文的紙，順手接過去，湊到燈燭上燒成一縷青煙。

見他對英文視若無睹，凝固在旁的謝永兒終於死了最後一點心，「所以，你們兩個與我一樣，都是穿來的？」

庾晚音心想著與妳還是有微妙差異的，口中卻沒有點破，「是的。既然大家都是同類——」

謝永兒臉色灰敗，打斷道：「我在明你們在暗，你們一直盯著我，從一開始我就是沒有勝算的，對嗎？」

庾晚音還沒說話，夏侯澹搶答道：「沒錯。全程看著妳綠我，可刺激了。」

庾晚音被嗆得咳嗽起來，忙使眼色：點到為止，別刺激她。

謝永兒沉默了一下，慘笑道：「既然如此，為什麼現在又攤牌了？直接把我弄死，對外就說我難產而亡，又不至於引起端王懷疑，豈不更好？」

夏侯澹又搶答道：「確實，我也覺得奇怪，晚音妳為什麼告訴她？弄死得了。」

庾晚音：？

大哥你是來拆我臺的嗎？庾晚音更用力地瞪他一眼，轉頭對謝永兒儘量友善地說：「都走到墮胎加嫁禍這種劇情了，再不攤牌，就是你死我活的局面了。大家都是同類，妳有沒有考慮過另一種可能性？」

謝永兒擁著被子冷笑一聲，「我願賭服輸，妳也不必惺惺作態。一開始不告訴我，卻要看著我一步步陷入泥淖。如今我落魄至此，妳倒來自稱同類了，不覺得可笑嗎？」

她此時面無血色，擁被而坐，看上去姿若蒲柳、弱不禁風，全身上下只剩一雙眼睛還活著，湧動著不甘的怒意。庾晚音瞧見她這不屈不撓的眼神，心中生出無限的無奈，「如果我們一穿來就去通知妳，妳的第一個反應會是合作嗎？」

謝永兒：「……」

謝永兒被問住了。

那時，她滿心覺得上天給了自己一次重來的機會，捨棄過往平庸無趣的人生，要在這一方新天地間大展拳腳。

她預知夏侯澹必死無疑，所以毫不猶豫地投靠了端王，而端王也順理成章地接納了她。她躊躇滿志，每一步都走在必勝之路上。

如果當時突然發現夏侯澹成了變數，她的第一個反應大概是驚慌失措，怕他報復自己，繼而就去通知端王，趁著這變數尚且弱小時將之抹除吧。

庾晚音這一問戳到她的痛處，「妳什麼意思？我只是想活到最後，有錯嗎？難道妳不想？」

庾晚音道：「我想的。」她放緩語氣，「其實我不覺得都是妳的錯，錯的是這個鬼環境。可以的話，我希望妳也能活到最後，我們幾個一起，吃個小火鍋，來打幾局牌……」

她意在安撫，謝永兒卻像是橫遭羞辱，怒目看著這對狗男女，「成王敗寇，別演聖母了，如果易地而處，你們的選擇不會與我有差別！」

夏侯澹嗤笑一聲，「差別可大了。」

他今天似乎打定主意要拆臺到底，「晚音要是跟妳一樣，妳怎麼還活著？」

庾晚音道：「不不，不是這樣，其實永兒沒她自己想像中那麼狠，真的。剛才你進門之前，她不是在引我說話，她想警示我的。」

謝永兒一噎，神色晦暗不明。

夏侯澹卻搖搖頭，伸手拉住庾晚音，「我看跟她沒什麼好說的了，走吧。」

庾晚音匪夷所思地看著他，夏侯澹卻暗中加了一把力，強行將她帶出了門，還回頭補上一句：「再加一批侍衛來，謝妃養病期間，將這道門看死，禁止進出。」

走到無人處，庾晚音放慢腳步，「你幹什麼呢？謝永兒還有用，她這時正是情緒脆弱的時候，我想威逼利誘策反她。」

夏侯澹很淡定，「我知道，我在跟妳打配合啊。」

「那叫打配合？」

「對啊，我來威逼，妳來利誘。我都被綠了，對她用點私刑也是順理成章的吧？妳回頭再摸進去送個飯、上個藥什麼的，攻破她的心理防線。」

庾晚音道：「……私刑？」

夏侯澹點頭：「相信我，單靠嘴炮是沒用的。」

「你先別急，好歹讓我試試唄。」

夏侯澹聳聳肩，「就知道妳會這麼說。隨便試試，能拿下就拿下，拿不下就算了。那是個真惡人，就算策反了，妳還得防著她演戲，雞肋得很。」

庾晚音躊躇了一下。

「其實吧，我剛才說的多少也是真心話。現在想想，她今晚的舉動或許並不是蓄意而為，只是應激反應。而我希望她活著，也是怕這本書腰斬，說到底是為了自保……」

夏侯澹停下腳步。

庾晚音沒發現，還在往前走，「我與她沒有那麼大的差別。」

「有的。」夏侯澹斬釘截鐵道。

庾晚音回頭：？

夏侯澹站在原地望著她，那眼神很奇怪，「妳是不是從來沒想過，讓一個人活著有很多種方式？砍了她的腿，將她終生囚禁，只要她不死，目的是不是也達到了？」

「……」庾晚音後頸的汗毛突然豎了起來。

「這都想不到，妳還好意思自稱惡人。」夏侯澹似乎覺得好笑，「換作謝永兒就一定想得到。再提醒妳一遍，她可是紙片人，劇情需要她有多壞，她就有多壞。」

庾晚音怔怔地望著夏侯澹。

他還穿著宴席上的禮服，只是摘了冠冕，髮髻歪在一側。剛才不知被敬了多少杯酒，身上殘留著淡淡的酒氣。或許正是因此，他今晚說得比平時多一些，也隨性一些。

隨性到令人有一絲不安。

庾晚音道：「你——」

「嗯？」

你可要保持警覺，別被這個角色同化了啊。

「你——」庚晚音抿了抿嘴，「你剛才在宴席上，看出那群燕國人有什麼不對勁了嗎？」

夏侯澹漫不經心道：「肯定有問題啊，太后那麼挑釁，他們居然忍下來了，一點脾氣都沒發，看來是醞釀著更大的事。」

庚晚音心不在焉地點點頭。

「不過，千秋宴是守衛最森嚴的時候，他們要搞事也不會挑今天，多半是等著與我私下談條件時再發難吧。先別想這個了，外面冷，快回去吧。」

但在她轉身之時，夏侯澹拉住她的手。

庚晚音心臟猛然一跳，回頭看他。

肌膚相觸，夏侯澹的指節突兀地動了一下，似乎下意識想要鬆開，最終卻沒動。修長而蒼白的手，本就泛涼，被這夜風一吹，冷得像蛇。

庚晚音打了個寒噤。

夏侯澹鬆開了，「剛才妳走得匆忙，吃飽了嗎？」

「……啊？沒事，我回去讓宮人隨便熱點什麼當宵夜。」

夏侯澹從衣襟中取出幾個巾帕包著的點心，「還是熱的，先墊墊。」

庚晚音愣愣地接住點心。確實是熱的，因為一直貼身保存，至少還帶著體溫。

這人一邊與太后針鋒相對，一邊與燕國人鬥智鬥勇，還想著自己會餓。

「不會吧，這也太容易感動了，大惡人。」夏侯澹笑著看她。

庾晚音吸了口氣，「陪我走一段吧，我怕太后堵我。」

「行。」夏侯澹催她，「快吃，不然我白帶了。」

庾晚音食不知味地咬了口點心，「說起來，你原本長什麼樣？看久了暴君這張臉，我很難想像你原本的模樣。」

在她身後半步之外，夏侯澹瞇起眼努力地回想了一下。

「就……普通吧，不難看。」

「普通？」庾晚音笑道：「你不是演員嗎？」

「所以不得志嘛。」他接得十分流暢，「妳呢？」

「我啊，普通社畜，化完妝勉強能被誇一句可愛，卸了妝就不好說了。」

「不必妄自菲薄，肯定也是好看的。」

夏侯澹一路將庾晚音送回住處，才自己回寢殿。他們對外還在演追妻火葬場的戲碼，進入宮人視線範圍之後，庾晚音就冷下臉來，不鹹不淡道：「陛下請回吧。」

夏侯澹也不知是不是在演，溫柔道：「那妳早些休息。」

庾晚音低頭進了大門。

「北叔？」她驚訝道。

「澹兒方才派我過來，這段時間由我近身保護妳。」北舟低聲道：「今晚妳這邊發生什麼事了？」

「說來話長，簡直一波三折……」

「看出來了。」北舟點點頭，「妳臉都急紅了。」

此時此刻，太后黨正在開小會。

眾人一臉沉重，肅穆不語。太后低頭自顧自地撇著茶葉。

她不開口，臣子只好站出來主動檢討：「是微臣無能，沒料到陛下會在千秋宴上當眾發難，一時不知如何解圍，害了王大人……」

「王兄當時手慌腳亂，也是難堪大任，入獄遭殃並不冤枉。」這是素來與王大人不對付，趁機穿小鞋的。

「看來陛下是年紀漸長，生出自己的主意來了。臣等無能，還得請太后為江山社稷計，多加管教，啟沃聖心啊。」這是煽風點火攛掇人的。

太后終於抬起頭，「管教？」她笑了笑，「他是擺明了再也不會聽管教囉。」

「依臣之見，這雖是父子，太子殿下卻聰慧寬厚，頗有明君之風呢。」這是暗示太后換一個傀儡的。

小太子低眉順眼地坐在一旁。

太后今夜卻不發火了，語帶蒼涼，「時機過了。」

他們錯過了最佳時機，端王勢頭太猛，如今穩穩壓他們一頭。此時殺了皇帝，無異於為端王做嫁衣裳。

臣子們還在你一言我一語地爭論先對付皇帝還是先對付端王，太后「啪」地放下茶盞，打斷他們：「看皇帝的表現，是鐵了心要和談了。要是跟燕國修好，從此邊境無虞，端王就徹底坐大了。」

必須牽制住邊境的兵力。

她下了決心，輕飄飄道：「那群燕人官話都說不利索，在都城行走，少不得要與夏人起些摩擦。一群蠻人，一言不合就該動手了吧？到時刀劍無眼，沒準會見血呢。」

臣子們寂靜了。

穿小鞋的、煽風點火的、打小算盤的，全部止住了話頭，呆滯地望著座上的女人。

太后要的不僅僅是和談失敗，那對她來說還不夠。

她要幹就幹最大的場面，直接將燕國使臣團消滅在此地。兩國相爭斬殺來使，無異於最大的羞辱，她想引來燕軍復仇，挑起一場新的戰事。

惡人，這是真惡人。

內鬥是一碼事，若是將燕國牽扯進來，性質可就上升了。

一個臣子抹了把冷汗，道：「這，國土安危……」

另一人忙不迭站隊道：「怎麼，諸位還怕真打起來了，中軍會戰敗不成？即使中軍敗了，還能調右軍過去呢，到時燕人與端王兩敗俱傷，我們正好坐收漁翁之利。」

一句笑談，將萬千將士的性命擺成了桌上的籌碼。

抹冷汗的臣子偷偷望向一旁的小太子，似乎指望他能開口說句什麼。太后察覺到了，索性問了出來：「太子以為如何？」

小太子想了想，道：「皇祖母說打，就該打。」

太后大笑道：「真是我的乖孫，比現在龍椅上的那個強多了。」

即使是最野心勃勃的臣子，此刻也有些犯怵。

想到大夏的江山終有一日會落到這樣一個孩子手上，難免心中一寒。

第十三章　全是紙片人

張三已經即位幾年了。

排布成「SOS」形的鐵線蓮一年年地綻開，新的秀女一撥撥地入宮。

張三知道自己不能留下子嗣。這幾年間，他裝瘋賣傻，明裡暗裡與太后作對太多，太后對他的耐心已經消耗殆盡。一旦有皇子誕生，他作為傀儡的職業生涯也就到頭了，第二天就會意外摔死在井裡。

然而，他也不能拒絕選秀納妃，因為他不知道這其中哪一個妃子，會是那個同類。

他要從太后派來要孩子的、端王派來下毒藥的、各方勢力派來操控他的佳人中，分辨出她來。

那個人在哪呢？什麼時候出現呢？這個執念就像垂死之人吊著的一口氣，逼迫他踉蹌前行。

他學會了不動聲色地觀察她們的一言一行，隱晦地暗示和套話，兵來將擋地逃避房事，水來土掩地阻擋刺殺。

就連御前侍衛中都混進過奸細。那之後他就不再信任他人的保護，花費了幾個月自食其力，在寢宮造出了滑輪控制的機關，只消按下藏在各處牆壁的特定磚頭，就會有暗箭射出。

有時候他也會突然停下來想，即使真的找到了她，又能怎麼樣呢？他幫助不了她，也配不上她的幫助。

女主角是要去找男主角的，而他只是個反派。

剛穿來時，他還懷抱著逆天改命的天真夢想。如今他都快忘記自己的名字與長相了。他是張三還是夏侯澹？那所謂的現代人生，只是他幼時在御書房做過的一場夢嗎？

女主角看見這樣的他，恐怕也會轉身而逃。

珊依也是在那時入宮的。那一年，燕國將她與一箱箱的珠寶、狐裘一道送來，她的名字被寫在禮單上，先是獻舞，再是侍寢。

不同於後來越傳越神的傾城傾國，珊依當時被稱為美人，只是因為被封為美人。她年紀很小，幾乎還沒長開，唯有一雙眼睛極大，眨動眸子時顯得茫然而可憐。

她的長相有些像張三手下的第一條人命，那個小宮女。

珊依不怎麼會說官話，也聽不太懂。張三照例試探了兩句，她聽不懂他的現代梗，還以為是自己官話不好，泫然泣下地謝罪，求他別趕自己走，否則燕國的大人們會打她的。

張三道：「他們打不到妳了。」

珊依只是哀求，比劃著說：「我必須，跟你睡。」

張三：「……」

他哭笑不得，「那妳躺下睡覺吧。」

珊依懵懂地點點頭，真就安靜躺下了。

張三遇到的上一個腦子這麼簡單的人，還是他的國中同學。

他自顧自地翻了個身。

因為頭疼，也因為枕畔有人，他通常很難入睡。但那一天，她身上的胭脂味彷彿上等的安神香，他不知為何昏昏沉沉，很快陷入淺眠。

——後來他才知道，那還真的是特地為他調配的。

接下來的事，其實他的記憶也很模糊了。因為在意識清醒之前，他的身體已經先一步動了。

等他掙扎著睜開眼，胭脂味裡混入了濃重的鐵鏽味。珊依伏倒在他身上，死不瞑目，手中舉著一把匕首，背上則插著機關中射出的暗箭。

月光從雕窗傾瀉進來，潑灑了她一身。她空洞的雙目仍舊顯出幾分迷茫，彷彿不明白世上怎麼會真有夢中殺人的怪物。

張三與她對視了很久，笑了。

他將她的屍體拋下床，枕著滿床鐵鏽味的月光，重新闔上眼。

那是他殺的第二十七個人。他決定不再計數了。

沒什麼大不了的，全是紙片人，全是紙片人，全是紙片人。

千秋宴後的清晨，都城的街道格外熱鬧。

往來的商販與行人腳步不停，卻都偷眼望向人群中幾道格外高大的身影，眼中隱隱帶著戒備。

燕國人。

雖然聽說他們是來和談的，但數年交戰的陰影尚未消失。或許也正因此，怎麼看都覺得這些使者身上散發著不好惹的氣息。

哈齊納低頭走路，耳中飄入某座樓裡傳出的唱曲聲，哼了一聲，用燕語說：「太柔弱了，遠不如我們的歌聲悠揚……」

在他身邊，那魁梧的絡腮胡從者突然舉起一隻手臂，攔住他的腳步，「等等。」

哈齊納抬頭，不遠處有一夥人迎面而來。都是販夫走卒的打扮，地痞流氓的神情，手裡抄著破銅爛鐵當傢伙。

為首的道：「我兄弟說攤上丟了東西，是你們偷的吧？」

燕國人剛剛經歷昨夜那王大人的詆毀，聞言登時眼中冒火，「證據呢？」

「證據？你們站直了讓我們搜身啊。」來人面露凶光，伸手就來拉扯他們的衣服。

燕國人哪裡忍得下這口氣，當即怒喝一聲，出手打了起來。

卻沒想到來人一出招，竟然個個訓練有素，根本不似尋常走卒。
哈齊納入城時被卸了武器，空手與之過了幾招，臂上竟被砍中了一下，血流如注。
他面色一沉。
這是一次有預謀的行動，對方分明是玩命來的！
哈齊納下意識轉頭喊了一聲：「王……」
絡腮胡用手勢制止了他。
哈齊納道：「你先走，我們來對付他們！」
絡腮胡道：「一起撤。」
燕國的漢子沒有不戰而逃之說，哈齊納以為自己聽錯了，「什麼？」
絡腮胡道：「跑！」
他不由分說地拖著哈齊納猛然倒退。對面數把暗器飛來，絡腮胡閃步擋在哈齊納身前，舉起手臂一一格擋，袖中傳出金鐵之音，是穿了護鎧。
哈齊納轉頭一看，背後不知何時也被一群人堵住了。
絡腮胡拖著他衝進旁側的窄巷中。餘下的燕國人萬分屈辱地跟上，對方卻還窮追不捨，大有趕盡殺絕之勢。
絡腮胡邊跑邊沉聲道：「不能應戰，我們殺一個人，就會被扣個罪名抓起來。」
哈齊納回過味來，怒罵道：「陰險的夏人！」

燕國人吃了地形不熟的虧，片刻後被對方驅趕進一條死衚衕。

哈齊納背靠牆壁，望著烏泱泱一大群追兵，悲憤道：「同歸於盡了，把他們全幹掉，也不吃虧！」

絡腮胡卻嘆了口氣，「虧了，計畫沒完成。」

他們身後忽然傳來一聲清亮的呼哨。

絡腮胡猛地回頭，瞪著背後那面牆壁，「牆後似乎有路，翻過去。」

當下燕人一邊藉著窄巷阻擋追兵，一邊互相借力翻過了高牆。牆後果然是路，哈齊納來不及多想，護著絡腮胡狂奔了一段，追兵沒再跟來。

牆對面隱約傳來怒吼：「都拿下，押去官府！」

哈齊納喘息未定，「官兵來了。」

絡腮胡道：「來殺我們的那一夥，想必是太后的人。官兵就是皇帝的人。」

「那剛才打呼哨的呢？也是皇帝的人嗎？」

絡腮胡瞇了瞇眼，「也許不是。如果是皇帝的人，為何不光明正大出來相見？」

端王府正在開小會。

方才打呼哨的人正跪地覆命：「使臣團裡那個哈齊納，似乎不是真正的領頭人。屬下聽得懂一些燕語，方才哈齊納叫了那魁梧從者一聲『王子』。」

夏侯泊道：「燕國有很多個王子。不過，他那把絡腮胡瞧著詭異，多半是為了掩蓋面目。尋常的燕人一輩子都沒被大夏人見過，沒必要藏頭遮面。既然偽裝了，想必是個老熟人。」

探子道：「殿下是說……」

夏侯泊似笑非笑，「應該是在沙場上與夏人打過照面吧。他那個身手，倒也當得起『燕國第一高手』之稱了。」

探子一驚道：「那人是圖爾？圖爾不是與燕王水火不容嗎，怎會替燕王出使？不對啊，他改名易容，難道是瞞著燕王偷偷來的？」

夏侯泊沉吟：「應該是偷天換日，冒名頂替了真正的使臣團吧。燕王是想要和談，至於圖爾嘛……」

他的心腹紛紛展開分析：「聽說他與數年前死去的珊依美人是青梅竹馬。珊依死在宮裡，燕人卻不認行刺的罪名，反而指責大夏害死了她，以此為由宣戰。」

「所以圖爾是真心恨上了皇帝，決定效法荊軻？」

「不對吧，荊軻刺秦後，自己也必死無疑，圖爾大好前程，何必賭命呢。」

夏侯泊想了想，「你們說，燕國內部是不是出了什麼事？」

「殿下是指，圖爾不敵燕王，在燕國待不下去了，所以孤注一擲跑來大夏，想要壞他叔叔的大計？」

夏侯泊慢悠悠道：「無論真相如何，總之這次和談八成是要黃了。皇帝本就勢單力薄，身邊的高手已經死了，圖爾帶了一群『荊軻』來，驟然發難的話，他逃不脫的。」

心腹遲疑道：「要不要……向皇帝透露些什麼？」

話音剛落，夏侯泊微笑著看向他，「你這麼好心？」

心腹嚇得立即跪倒，「屬下是為殿下考慮啊！若是真讓圖爾殺了皇帝，兩國又要起戰事……」

夏侯泊溫和地扶起他，「這倒不假，原本我也是這樣想的。但我方才突然又想到，以圖爾的身手，當荊軻的時候一不小心將太后也殺了，似乎也非難事吧？」

心腹傻了。

「到時群龍無首，強敵在外，太子年幼，必須有一人攝政主持大局。」端王眨眨眼，「至於戰事上，我既已知情，可以早做準備，也不至於被燕國突襲，措手不及。」

心腹們寂靜了。

惡人，這是真惡人。

心腹道：「不愧是殿下，高瞻遠矚。」

夏侯泊笑道：「所以，不必通知皇帝，必要時還可以助圖爾一臂之力。接下來，只需要確保他們動手時，太后也在場。」

「來，喝。」楊鐸捷晃了晃酒壺。

李雲錫猛乾一杯，「楊兄家這藏酒是不錯，那我就不客氣啦。」

楊鐸捷沒說什麼，坐在一旁的岑堇天笑道：「難得見李兄如此開懷暢飲。」

李雲錫：「……」

李雲錫如今雖然混了個官職，但苦日子過慣了，為人比較摳門，自己根本捨不得買酒，上楊鐸捷這做客才開了戒。

被岑堇天揶揄了一句，他也不生氣，反而勸道：「咱哥們三個好久沒聚了，岑兄也來一杯？」

岑堇天揮了揮蒼白的手，「不了不了，我還想留著命多種幾日田。」

他倒是並不避諱自己的病，但李雲錫不擅長說漂亮話，微醺之下更是遲鈍，舌頭打結了半天才憋出一句：「你……你最近氣色不錯啊。」

岑堇天哪裡不知道他的脾氣，聞言笑出了聲，「李兄有心了。」

楊鐸捷道：「確實。」

李雲錫皺眉瞪著他。

楊鐸捷道：「怎麼？」

李雲錫道：「你今天見面以來說的話，尚未超過十個字。我就奇怪了，你小子不是最會說話了嗎，怎麼突然惜字如金起來了？」

岑堇天也問：「楊兄似乎清減了些，莫不是遇上了什麼事？」

楊鐸捷自己一口悶了一杯酒，苦笑道：「別提了，我這輩子都不想說話了。」

半壺酒後。

楊鐸捷道：「你們在戶部倒是得償所願了，可知我進了欽天監，每天負責什麼？卜筮！星命吉凶，禍福興衰，天天編故事給人看。你們以為瞎編就成嗎？不行！大人物要這一卦算成壞的，它就得是壞的，還必須算得步罡踏鬥、窮神知化，壞得揚葩振藻、斐然成章。我的文采是幹這破事用的嗎？」

李雲錫：「……」

岑堇天：「……」

楊鐸捷打了個酒嗝，「這才哪兒到哪兒，還有更離譜的呢！有時太后要它壞，可陛下要它好，欽天監裡分成兩派，同僚之間辯經似的來回打機鋒。我日易千稿，筆都磨禿，就為了證明那破龜甲往左裂是裂得好！嗟乎，天底下竟有如此淒慘之事，我楊鐸捷十年寒窗，修出這八斗之才，最後終於當上了算命先生？」

李雲錫：「……」

岑堇天忍不住，笑了一聲：「你別說，倒是形神兼備。」

楊鐸捷長得頎長白皙，兩道長長的細鬚隨風一飄，頗有些仙風道骨。

李雲錫搭住他的肩，「道長，你看我這手相……」

楊鐸捷有氣無力地罵道：「滾。」

李雲錫笑夠了，安慰道：「陛下不是說了嘛，眼下需要你寫的那些裝神弄鬼的東西唬人，再過一陣子，他會把你調走的。」

楊鐸捷以手撐額，低聲道：「我問一句大逆不道的，你們信他嗎？」

岑堇天當初就是第一個向夏侯澹表示效忠的，聞言乾脆地點了點頭。

李雲錫沉默了一下，「他說讓我繼續整理各地的土地冊籍，終有一日會用上，也算是天子之諾吧。」

楊鐸捷驚了，「你剛進戶部時可不是這麼說的！那爾嵐長袖善舞，混得平步青雲，你也不介懷了？」

李雲錫露出些微不自在的神色，「我現在不那樣看他了。」

楊鐸捷怔了怔，苦笑一聲，頹然道：「原來只有我一個人還在彷徨。」

「楊兄……」

楊鐸捷將聲音壓得更低，「自從湖上初遇以來，我們已經見過數次聖顏了。你們注意過沒，那聖人望過來的眼神，有時候……倒也不愧聖人之名。」

如大風掠過草木，無悲無喜，天地不仁。

另外兩人一時無話。

楊鐸捷將客人送到門口，在道別前補上一則消息：「禮部那張主事，你們知道吧？我們一起準備千秋宴，混得很熟。昨兒他悄悄告訴我，燕國使團在大街上遭到匪徒追殺，僥倖逃脫。」

李雲錫回頭看他，「是太后假匪徒之名想除去他們吧？」

楊鐸捷道：「八九不離十。結果，陛下命禮部去他們的館驛登門道歉，陣仗擺得很大，對著他們的冷臉還軟語安慰了半天。」

岑堇天感嘆：「那真是給足他們臉面。陛下是真心想促成和談。」

楊鐸捷道：「所以我更不解了。當初派汪兄孤身去燕國的時候，我就心裡打鼓。現在汪兄有去無回，凶多吉少，陛下自己都猜測這群燕人來者不善，卻還要放下身段去討他們的好，他到底在想什麼？他心裡真的有計畫，還是僅僅以此為由頭，在從太后手上奪權？」

最後一句心裡話，他終究沒有說出口：我們難道只是夏侯澹爭權的棋子與喉舌嗎？

夜裡，圖爾喘著粗氣驚醒過來。

大夏館驛中的床鋪很柔軟。太柔軟了，簡直讓人的四肢深深陷入，移動困難。或許正是因此，他才會做噩夢。

圖爾翻身坐起，掃了床邊席地而坐的幾個侍衛一眼，「幾時了？」

「三更了。」哈齊納點起一盞燈，「王子，你沒事吧？」

圖爾起身去洗了把冷水臉，在回來的路上瞥了窗外一眼。

夜色之中，館驛大門外還有不少禁軍值崗。據說是大夏的皇帝為了保護他們，防止匪徒再度作祟，特地加派的人手。

至於到底是守衛還是監視，那就不好說了。

哈齊納皺眉道：「多出這些人，咱們的計畫……」

圖爾倒是很平靜，「靜觀其變吧，這次和談本就是夏侯澹私下促成，他總會親自見我們的。到時候再動手。」

但是從哈齊納擔憂的眼神中，他能推斷自己此刻的臉色不太好看。

是因為夢見了珊依吧。

圖爾煩躁地晃晃腦袋，甩掉了臉上的水珠。暗淡燭光中，他沒黏鬍子的臉龐有著深刻俊美的輪廓。

圖爾重新吹滅了燈燭，躺在黑暗中望著天花板，「你們說，紮欏瓦罕發現了嗎？」

離開燕國的時候，他名義上還被困在家中不得離開，也無人探望。他留下了與自己形貌相近的替身，只要燕王紮欏瓦罕不召見自己，就不會察覺異樣。

哈齊納道：「一直沒有消息傳來。大王本就不常見你，應該不會發現。」

圖爾嗤笑一聲：「他此刻還在翹首期待和談的結果吧？」

他的手下們發出一陣壓低的嘲笑聲，像一群呼哧帶喘的野獸。

哈齊納笑得尤其開心，「他是一匹斷了牙的老狼，只能等死。」

圖爾知道哈齊納的父親是被燕王殺死的。這些跟他來到大夏的男男女女，有些是與夏人有血債，有些則是與燕王有深仇，所以甘願踏上這條有去無回之路。

而他自己呢？

有選擇的話，他其實並不想當卑劣的刺客。他一生所求，是立馬橫刀，率軍殺入夏國都城，砍下皇帝的頭顱。

但燕王老了，軟弱了，打不動了。被夏國派來的說客一慫恿，就想親手將戰火熄滅，還要將為他出生入死過的戰士一一除去。

兔死狗烹——這是圖爾從夏人那裡聽過的說法。

但那時，他並未意識到自己也是一條狗。

曾經的紮欏瓦罕並不是這樣的。他恨極了大夏，以虐殺夏人為樂。

圖爾聽到過傳言，夏人當年在射瞎他一隻眼睛的時候，其實還射傷了另一個地方。所以他沒有自己的子嗣，只有圖爾這麼個姪子。

紮欏瓦罕待圖爾算不上親厚，但也盡職盡責地教過他騎馬狩獵。

年少的圖爾在姑娘們熱切的眼神中縱馬歸來，將狩獵成果一件件呈在叔叔腳邊：無數的鳥雀、四隻兔子、兩頭鹿，還有一匹年老的狼。

有人吹捧道：「王子的身手越來越好了，很快就會成為燕國第一高手了吧！」

圖爾笑著望向叔叔，卻捕捉到他臉上稍縱即逝的不悅。

當時圖爾並不知道那個微妙表情的含義。即使他知道，也說不出諂媚阿諛的話語。所以他一無所覺地行禮離開，小跑到等待自己的珊依面前，變戲法般亮出一朵新鮮帶露的花，別到她的髮間。

在一無所覺中，那條無形的罅隙逐日擴大。直到燕王聲稱，要在貴族中選出一名聖女，將她作為和平的禮物獻給夏國。

圖爾砸開叔叔的大門，「為什麼是珊依？你明知道我跟她……」

燕王只回了一句：「她的身分最合適。」

圖爾在黑暗中翻了個身，輕聲道：「再忍幾天，別出紕漏。」

哈齊納道：「是。」

端王黨連夜開小會，熬掉了不知多少根頭髮，推翻了不知多少種方案，只為確保圖爾不僅能成功行刺，還能順手帶走太后。

想在此時讓皇帝、太后和燕人這三方聚集到一處，其實難如登天。太后跟皇帝勢同水火，還在找機會殺使臣。她都如此撕破臉了，皇帝就算是個傻子也不會讓她接近使臣團。

端王已經步步為營地忍了這麼多年，所求無非正統，要名正言順地坐上那皇位。所以此番借燕人之手，一次除去兩大勁敵，對他來說至關重要。

心腹們又薅下無數把頭髮，最後想出一個驚天奇招。

他們找夏侯泊如此這般地彙報了一番，夏侯泊也不禁揚眉，「富貴險中求啊。」

心腹道：「此招確實危險，變數極大，屬下也並無把握一定成功。或許……謝妃娘娘能算一算？」

謝永兒在端王黨中其實是個名人。

不僅因為她跟端王那點剪不斷理還亂的緋聞，也因為她出的主意，常常如神來之筆，匪夷所思，卻又每每如窺破了天機一般，能未卜先知，所言必中。

聽到這個名字，夏侯泊頓了一下。

謝妃在千秋宴當晚滑胎，經太后與皇帝一鬧，滑得無人不知。心腹們對她腹中孩子的生父多少有些猜測，此時不禁八卦地偷瞄端王，試圖打探他對此事的感想。

夏侯泊召來一名探子，「謝妃在宮中如何？」

探子道：「滑胎之後，發熱不起。皇帝大怒，說要澈查此事，整頓後宮，還派了侍衛保護她養病。」

說是整頓後宮，但後宮這些年沒有任何孩子出生，大家都明白這鍋是誰的。

心腹們八卦的眼神更加熱切，似乎想瞧瞧自己侍奉之主究竟有沒有人類的七情六欲、喜怒哀樂。

夏侯泊停頓的時間比平時略長一些，眉間隱隱染上了憂色。

心腹們莫名鬆了口氣，卻聽他道：「胎都滑了，應該無人會再害她，此時還派人手保護，似有些蹊蹺。」

心腹們：「……」

這就是你的感想？

這真的還是人類嗎？

夏侯泊道：「總之想辦法遞張紙條進去，說我想與她一見吧。」

此時此刻，謝永兒絲毫不知道自己正處於怎樣的風雲中心。

她睡得昏昏沉沉，驚醒時還神志混沌，蓄在眼眶中的淚水一下子滾落下去，滲入枕頭。

「妳夢見誰了？」有人在床邊問。

謝永兒迷迷糊糊地扭過頭，夏侯澹正俯視著她。

「妳一直在道歉。」夏侯澹唇角一挑，語帶諷刺，「夢見端王了？孩子沒了，妳對不起他？」

謝永兒直愣愣地望著他，「不是。」

夏侯澹道：「那是誰？總不會是我吧？」

謝永兒回過神，閉口不答了。

夏侯澹「嘖」了一聲：「說說唄，反正現在大家都不用演了，妳也死定了——」

「行了行了，我來吧。」庾晚音從他身後探出頭，伸手摸了摸謝永兒的額頭，欣慰道：「可算退燒了，這古代醫療環境真是嚇死人。妳感覺怎麼樣？要喝水嗎？」

謝永兒還是不說話。

庾晚音轉身去推夏侯澹，「你先出去，我跟她談談。」

夏侯澹錯愕道：「為什麼趕我？」

庾晚音對他一個勁使眼色，「沒事的，交給我。」

她關上門，重新回到謝永兒身邊，「還難受嗎？」

謝永兒費力地支起上身，靠坐到床頭，強打精神問：「你們也不必唱紅臉白臉，直說吧，找我有什麼事？」

庾晚音笑了，「行，那我就直說。端王送了張紙條進來，約妳今晚在冷宮那破房子裡私會。」

謝永兒閉了閉眼，深吸一口氣，「所以你們今晚就得放我出去見他。」

「怎麼，不放妳的話，妳還指望他打進來救妳？」

「不。若是讓他發現異常，我就失去了他的信任，對你們也就失去了價值吧？妳想拉攏我，不就是為了套他的情報嗎？」

庾晚音頓了頓，嘀咕道：「這時倒挺聰明。」

謝永兒怒道：「我本來就很聰明！我輸給妳是輸在資訊不對等，妳不要搞錯！」

「妳輸給我？不對吧，我們本來就沒什麼可爭的。」

「事到如今說這種漂亮話——」

庾晚音認真道：「非要說的話，妳難道不是輸給端王嗎？」

謝永兒：「……」

庾晚音對著她蒼白的臉蛋看了半晌，突然跑去搬來妝奩，道：「轉過去。」

謝永兒問：「做什麼？」

「今晚不是要約會嘛，幫妳做個造型。」庾晚音扶著她的肩膀轉了轉，讓她背對著自己，舉起梳子幫她梳頭，「女生寢室八卦時間，妳沒經歷過嗎？」

謝永兒道：「沒用的，別對我打感情牌。」

庾晚音不為所動，逕自八卦了起來：「所以妳剛才真的夢到夏侯泊了？」

謝永兒緊緊抿著嘴，擺明了非暴力不合作。

「這麼卑微嗎？」庾晚音連連搖頭，「妳還記得自己是現代女性嗎？他明知道妳會被太后逼著墮胎，還讓妳懷上了，這種無情無義的狗男人妳還道歉……」

謝永兒抿不住了，「都說了不是他。」

「那是誰？肯定也不是夏侯澹啊。」庾晚音皺眉想了半天，一驚，「難道是我？妳終於良心發現，明白我對妳的好了嗎？」

謝永兒：「……」

庾晚音一臉感動，「姐妹，恭喜妳終於悟了，不過道歉就不必了，我這人心胸比較……」

謝永兒忍無可忍道：「是我媽。」

庾晚音：？

謝永兒背對著她低下頭，「可能是因為得知了你們的身分吧，我夢見一點穿進來之前的事。我穿來之前還在為了無聊的事跟她吵架，都沒來得及道個歉。」

庾晚音本來是抱著做攻略任務的心態來聊天的，此時不禁頓住了動作。

謝永兒之前說話一直拿捏著古人腔調，如今這樣坦率直言，倒讓她頭一次有了「同類」的真實感。

庾晚音想了想，道：「我穿來之前倒是跟我媽通了電話，她問我什麼時候回家，我說週末就回去。聽她語氣神神祕祕的，也許是又學了道什麼小吃，想做給我吃吧。」

謝永兒的頭略微抬起了一點。

庾晚音卻不說話了，周身氣氛消沉。

謝永兒問：「妳是哪裡人？」

庾晚音的心突地一跳。《穿書之惡魔寵妃》裡的城市名，跟現實世界一致嗎？

她繼續梳頭，試探著說了個最大眾的：「北京。妳呢？」

謝永兒道：「A城。北京在哪？」

庾晚音道：「……小縣城，沒聽說過也正常，離妳那還挺遠的。」

謝永兒道：「哦？你們那小吃很發達嗎？」

庾晚音根本不是北京人，仗著《穿書之惡魔寵妃》肯定沒寫過，順口唬她：「還行吧，豆汁聽說過沒，可好喝了。」

謝永兒果然遺憾道：「沒喝過。」

「那妳可錯過太多了。」

庾晚音幫謝永兒打理髮型的當口，一盤大棋正緩緩成形。

大棋落成之前，每一顆棋子都以為自己不在局中。

比如太后。

太后正用剪子打理她心愛的盆栽，大宮女低聲通報道：「木雲大人求見。」

這木雲是太后黨中一個敬陪末座的臣子，說話略有些結巴，顯得老實巴交，常被同僚嘲笑。

三日後就是簽訂和談書的日子了，太后正為殺不了那燕國使臣而心煩，不耐道：「他能有什麼事？」

大宮女道：「他說他有一計。」

太后：？

木雲進來了，戰戰兢兢道：「微臣以為，陛下如今對……對那群燕人，如母……母雞護崽，不宜直接衝……衝撞……」

太后「唦嚓」一聲剪下一根雜枝，「木大人有何提議，不妨直言。」

木雲更緊張了：「邶……邶……邶……」

他「邶」了半天沒下文，太后自己已經想明白了，眼睛一亮。

邶山。

邶山上有一座正在修建的陵寢，是夏侯澹為太后所築，近日就該竣工了。

這是大事，皇帝理應陪同太后去驗看一番。

那邶山遠在都城之外，木雲是遞了個正當由頭給她，讓她將夏侯澹引出城去。皇帝走遠了，他們再突然發難弄死使臣。

等到皇帝反應過來，早已萬事休矣。使臣一死，兩國交惡不可避免，這場仗端王就是不想打也得打。

木雲還在結巴：「邶……邶山……山……」

太后道：「妙啊。」

木雲：？

太后眼睜睜看著皇帝一天比一天強硬，該撕破的臉皮已經撕破了，對他的容忍也到了盡頭。

她殷紅的指甲掐下一朵花，在指間把玩了一下，「就這麼辦吧，明日一早哀家便與他上山。」

木雲賠笑道：「這……這個理由，陛下無……無法推辭。」

太后五指一收，揉碎了花瓣，順手拋進土中，「平日裡看不出來，你還挺機靈。」

木雲的笑容僵硬了一下。

太后笑道：「也罷，待我們一走，城中之事就交給你了。此事若是成了，記你一功。」

木雲狂喜道：「謝……謝太后！」

他點頭哈腰地退下了，出門之前，用看死人的眼神瞥了她最後一眼。

太后正吩咐宮人去通知夏侯澹，沒有注意。

就這樣，一場大風起於青之末。

庾晚音已經幫謝永兒做完髮型了，正在托著她的臉化妝。

庾晚音道：「眉形不錯啊。」

謝永兒道：「放在這年代太粗了，得剃掉一些。這些古人審美不行。」

庾晚音：「……」

庾晚音道：「確實。」

女生寢室八卦活動進行到現在，謝永兒的語氣已經徹底現代化了，眉眼間的憤懣鬱卒也淡去了不少。

庾晚音拉著她聊吃喝玩樂，聊學生時代，聊難纏上司和極品客戶。這些遙遠的詞在半空中交織，創造出一方幻境，謝永兒置身其中，彷彿暫時忘卻了處境，做回了白領上班族。

謝永兒突然吁了口氣，「想想才覺得，穿來之後的日子過得好不真實。」

庾晚音的目的達到了，胸口卻有些發悶。

謝永兒並不知道，即使是作為上班族，她也沒有真實過。

每一顆棋子都以為自己不在局中。

比如圖爾。

一支暗箭穿破了館驛的窗紙，裹挾著勁風射向圖爾。

圖爾身形微微一晃，旁人根本看不清他如何動作，那支箭矢已經被他抄在手中。

箭上串著一張紙條。

哈齊納深深皺眉，「王子，快放手，小心箭上有毒。」

圖爾依言丟了箭矢，轉頭看了窗紙上的破洞一眼，「是從街對面射過來的。」

哈齊納搶上兩步，以巾帕包住手指撿起紙條，展開一看，詫異道：「是燕語。」

紙上用燕語寫著：「明日皇帝上邶山。有人要殺你們，小心。」

署名不是文字，而是一朵花。

哈齊納道：「這人是在暗示什麼？我們的身分被識破了？他知道我們要殺皇帝？」

圖爾沉思。

若是身分暴露，他們還能好端端地待在館驛，說明對方尚未告發他們。

難道城中還藏著他們的同胞，在默默裏助他們這最後一戰？

哈齊納道：「王子，那些夏人一個比一個陰險，能相信嗎？」

圖爾還在盯著那朵墨筆勾勒、形如鈴鐺的小花。

這是珊依最喜歡的花，他曾將它別在她的髮間。他們稱之為駝鈴花。不知為何，它總能讓他依稀聽見珊依起舞時佩飾的聲響，叮叮噹當，細碎空靈。

她嫁入大夏之時，族中的女人將這朵花繡在她的衣上。

幾個月後，死訊傳入燕國。

夏人稱她意圖行刺，燕王則反罵夏國栽贓無辜，殺害聖女。脆弱的和平只持續了幾個月，戰火重新燃起。

珊依是世上最美好的人。

如果她繼續增長年歲，或許也會沾染凡塵，黯然失色，不再當得起「最美好」這樣的稱號。但她沒有那樣的機會了。

庾晚音道：「所以說，妳到底喜歡端王什麼呢？圖他薄情寡義，還是圖他郎心似鐵？」

謝永兒沒回答。

庾晚音拱她，「說說嘛。」

「妳也知道他薄情寡義。」謝永兒半晌才開口，「我不怎麼漂亮，智商放在這也不夠用，還被他發現是個異類，但他還是接納了我。」

庚晚音：「……」

謝永兒道：「我覺得自己是特殊的那個。可惜，我陷得越深，他卻越是若即若離。他越是若即若離，我就越是不甘心。」

「不甘心？」

謝永兒咬了咬唇，「妳也是穿來的，應該知道，原作裡妳這個角色可是跟他纏纏綿綿，情海恨天的。」

對謝永兒來說，這本原作是《東風夜放花千樹》。

庚晚音：「……」

謝永兒道：「為什麼換作我就不行？」

庚晚音聽得心中有些發涼。

謝永兒的這些小自卑、小糾結，聽起來像是出於自由意志，但其實都被寫在了《穿書之惡魔寵妃》中。

難道……她對端王的癡情，只是人物設定的一部分？

庚晚音不願朝那個方向分析，這種無能為力的宿命感太讓人窒息了。

而且，如果人物設定不可動搖，為什麼身為男主角的端王卻沒有愛上謝永兒？庚晚音更願意相信，所謂自由意志是存在的，只是謝永兒的不夠強。

「其實我覺得妳對夏侯泊有些誤解。」她像誘惑高僧入魔的妖怪般輕吐讒言，「怎麼說呢，他好像沒有那種世俗的欲望。」

謝永兒頓了頓，語氣冷淡了幾分：「他對妳就有。即使我改變了劇情，我還是能感覺出來，他看妳的眼神不一樣。」

「沒有。」庾晚音恨不得搖醒這個戀愛腦，「他對誰都沒有，他是那種一心搞事業的優秀反派！」

謝永兒：？

每一顆棋子都以為自己不在局中。

比如夏侯澹。

太后搬出驗看陵寢這樣的名頭，夏侯澹果然無法推辭。即使知道她擺明了是要調虎離山，他也不能忤逆不孝，拒絕陪同。

消息傳來，他只能吩咐暗衛：「今夜偷偷去接觸使臣，將他們轉移去別處藏身，多輾轉幾個地方，務必甩脫太后的探子。館驛外加派一些護衛，作為障眼法。」

暗衛領命，正要離去，夏侯澹又加了一句：「保護的同時，也看好他們，別讓他們趁機亂跑。」

理論上，他無須特別擔心使臣團的安危，因為這一次端王也理應積極促成和談。太后若是下手，端王不會坐視不管。

但隱隱地，他總覺得哪裡不對。

因為至今沒有收到汪昭的消息。從一開始，他們就對使臣團的來意心存疑慮。

因為端王已經很久沒有動靜了，對他和太后的鬥法隔岸觀火，安靜到了異常的程度。

又或許只是因為，以這世界對他的惡意，和談是不會順風順水的。事出反常必有妖。

夏侯澹道：「庾妃呢？」

宮人道：「還在謝妃處。」

這紅臉還沒唱完？是想唱八十一集嗎？

夏侯澹臉色不善，起身朝謝永兒的住處走去。

與此同時，下棋之人穩坐端王府。

夏侯泊在閉目養神。行棋越到險處，他就越平靜。

探子正在覆命：「圖爾已收到紙條了。」

同時覆命的還有一人，正是剛剛還在太后處獻計的木雲，「太后說明日便上山，讓我負責殺使臣團。」

夏侯泊睜開眼睛，笑道：「都辛苦了。明日就是收網之時。」

日已西斜，端王約見謝永兒的時辰快要到了。

夏侯澹走入房中時，庚晚音與謝永兒的對話已經進入了死衚衕。

夏侯澹沒管她們，走到謝永兒面前，「太后讓我明天一早陪她去邶山。這其中有端王的手筆嗎？」

謝永兒道：「……我不知道。」

夏侯澹道：「他約妳今夜相見，是想說什麼？」

謝永兒道：「我不知道，我真的不知道。」

夏侯澹嗤笑一聲，對庚晚音說：「我就說吧，白費功夫。」

謝永兒像吃了一記悶棍，偏偏無法辯駁。換作她是這兩人，她也不會相信自己。

庚晚音深吸一口氣。

「永兒，有些東西，我本來不想給妳看的。」

她從懷中掏出一本書。

夏侯澹眼角一挑，手抬了一下，下意識想攔住她，但半途又控制住自己。

庾晚音給他一個安撫的眼神，「胥堯，妳記得吧？這是他生前所記，上面都是端王的絕密計畫，妳應該知道這東西我們偽造不來。」

謝永兒臉色變了，「這東西你們是怎麼弄到的？」

庾晚音道：「這話說的，大家都是穿的，瞧不起誰呢？」

謝永兒：「……」

庾晚音遲遲沒拿出這個殺手鐧，原本是在猶豫，因為上面還有最後兩個針對夏侯澹的關鍵行動沒有進行，似乎是想等扳倒了太后再動手的。

而庾晚音一直隱忍不發，正是想將計就計。

一旦讓謝永兒知曉己方擁有這本書，她轉頭就可以告訴端王，這本書也就失去了最後的價值。

但庾晚音剛才聽見夏侯澹要上邶山，眼皮突然跳了起來。雖然說不出所以然，但她有種近乎直覺的緊迫感：今天晚上，他們必須探一探端王的虛實。而為此，她現在就必須說服謝永兒。

庾晚音咬了咬牙，將書遞了過去，「妳自己翻吧。」

端王府。

木雲此時腰挺直了，說話也不結巴了，「殿下，圖爾會相信那張紙條上的內容嗎？」

夏侯泊道：「此時不信也沒關係，明天你去捉他們時，不妨將動靜鬧到最大，由不得他們不信。然後再放個水，讓他們逃脫。到時候……」

木雲道：「到時候，圖爾就該想到，邶山地勢開闊，是他們最好的機會。」

無論是太后還是皇帝，此時都還被蒙在鼓裡，不知道來的是燕國第一高手，衝著的是皇帝的項上人頭。

也就是說，他們都不可能做好相應的防範部署。

若是在宮中，層層禁衛尚可一戰。但上了邶山，荒郊野嶺，侍衛能看守神道，卻看不住四面八方的樹林啊。

圖爾在沙場上是以一敵百的角色，此番又是有備而來，夏侯泊並不懷疑他的實力。以有心算無心，山上那點人手，他可以全滅。

即使燕國人遇上困難，還有幫手。這一路上，端王的人會為他們保駕護航。

木雲道：「我先去打點一下城門處。還有，咱們是否先派些人去樹林中埋伏著？」

夏侯泊點頭允了，「如此一來，四方人馬也該齊聚了。」

端王黨薅禿了頭想出來的，便是這個計畫。

宮內。

謝永兒翻著翻著，整個人緩緩凝固。

胥堯的書上有不少計畫，看起來相當眼熟，都是出自她的建議。早期劇情線沒有脫離原作，她能預知很多後事，為端王出的點子詳細到了「某月某日去某地偶遇某人」的程度。

但是胥堯記下的這些計畫，沒有一項是與她的建議完全吻合的。

或是日期時辰，或是詳細地點，總有些微小處，刻意地變更了。

謝永兒身在深宮，與端王的聯絡全靠傳信與私會，不可能知曉端王的所有行動。

曾經有那麼一次，她建議端王策反禁軍副統領，引其輕薄統領的小妾。結果卻偷聽到端王與謀士商談，將計畫改為了對馬下藥，為副統領扣上個罪名，再以此要脅他。

當時她心中有些委屈，按捺著沒問夏侯泊，反倒默默說服自己，確實是改善過的計畫更為穩妥。

可是今天一看，絕大多數改動根本與「穩妥」沒有關係。

「他從來就沒接納過妳。」夏侯澹補上了最後一刀，「不僅不接納，而且還防著妳。」

謝永兒面白如紙。

夏侯澹涼涼道：「夏侯泊比妳現實得多。從妳第一次為他做出預言，妳在他眼中就成了一顆尚可一用的定時炸彈。異類就是異類，沒有人會對異類產生情愫的。」

他說到「異類」二字時，咬字分外冷硬。庚晚音聽著有些刺耳，輕輕戳了他一下。

夏侯澹還是說完了：「若是他坐上了皇位，第一個死的就是妳。」

寂靜之中，庚晚音重新提起筆，在她唇上塗了最後一筆，「妝化好了，去見他吧。」

見她久久不說話，庚晚音將鏡子舉到她面前，「看看，還滿意嗎？」

謝永兒魂不守舍地看了一眼，瞳孔一縮。

這妝面絲毫沒有向古人審美妥協，從修容到眼影，氣勢凌厲，現代到讓她幾乎看見了從前的自己。

簡直把「異類」二字寫在了臉上。

庚晚音笑了，「我自個兒早就想化這個妝了，以前怕妳看出來，以後大家坦誠相見，沒什麼需要瞞著了。妳怕他看見這樣的妳嗎？」

端王府。

夏侯泊對木雲道：「這段時間，辛苦你了。」

木雲是端王手下最得力的謀士。他被派去太后黨內當臥底，幾年來行事低調，比當年的魏太傅還會混。但端王心思縝密，見他左右逢源，便存了些審視之意。

為表忠心，他為端王獻過不少妙計，隱隱接替了胥堯的位子。這次的計畫也是他牽頭的。

即使如此，倉促之間畢竟有一些變數。

比如那群燕人會不會依他們的想法行事、夏侯澹或太后會不會提前聽見風聲。

如果這一戰告捷，天下大勢落入端王之手，他就是第一功臣。而一旦出了什麼紕漏……

想到這，木雲的掌心在冒汗，「為保萬無一失，殿下今夜可以再問問謝妃娘娘。」

第十四章　卸下偽裝

謝永兒踏著最後一抹斜暉，孤身走向冷宮。

她一離開，夏侯澹就派了個暗衛過去，「遠遠看著她，別離得太近，引起端王警覺。」

庾晚音望著謝永兒的背影，若有所思道：「也不知道能不能順利。」

謝永兒的反應跟她設想的不太一樣，過於平淡了。庾晚音對這姐妹的內心世界，實在是沒把握。

夏侯澹道：「妳現在不安也晚了，胥堯的書都給她看了。」

庾晚音：「……」

她偷瞄了夏侯澹一眼。

生氣了？

回到自己的寢殿，夏侯澹依舊面色不虞。

庾晚音低頭吃著晚膳，又偷瞄了他五六七八眼。

夏侯澹沉著臉夾了塊魚給她。

氣氛太尷尬了，庾晚音決定打破沉默，「我知道你不相信謝永兒。」

夏侯澹道：「知道就好。」

庾晚音道：「但你不相信她的理由，仔細想想，有點奇怪。這個世界裡除了我們，全都是紙片人，包括那些被勸服的臣子，難道你對他們也不抱希望嗎？」

「他們的設定就是鞠躬盡瘁的好人，謝永兒呢？」

「但胥堯的設定原本是端王黨。夏侯泊的設定原本是對謝永兒神魂顛倒。」

夏侯澹噎了一下，不吭聲了。

庾晚音覺得自己抓住了癥結：「你好像特別歧視紙片人。」

夏侯澹被戳中了某處陳年的隱痛，忍不住嘲諷地笑了一下，「那我們拭目以待吧，看看謝永兒對不對得起妳這一腔真心。」

庾晚音愣了愣，稀奇地看著他。

夏侯澹沒好氣道：「怎麼？」

「我對她有什麼一腔真心？上次我就有點那感覺，不好意思問你……」庾晚音慢吞吞道：「你這是吃醋了嗎？」

她說這個原本只是插科打諢，想哄夏侯澹笑一下。

結果夏侯澹手中伸到一半的筷子突然停住了。

庾晚音：？

夏侯澹略微抬眼看了看她，如她所願地笑了，「是啊。」

庾晚音：「……」

不明白這人的腦迴路。

但老臉有點熱。

冷宮那間破屋裡。

天已經完全黑了，今夜無星無月，此地遠離宮中燈火，幾乎伸手不見五指。

謝永兒的身體還很虛，被夜風一吹，禁不住打了個寒噤。她不敢點燈，摸著黑磕磕絆絆地踏入大門，忽然撞入一個懷抱。

她下意識後退，對方卻解開外衣，將她環抱了進去，「永兒。」

謝永兒抬頭去看，只能看見一個模糊的輪廓。她不知道對方此刻是何表情，只能聽見熟悉的溫和聲音：「妳受苦了。」

謝永兒將臉埋進他的胸口，柔弱地蹭了蹭，「殿下，你可算來看我了。」

黑暗中，夏侯泊在她唇上蜻蜓點水地吻了一下，「身體怎麼樣了，好些了嗎？」

他的聲音一向偏冷，在靜夜中聽來更像擊玉般冰涼。唯有在對她說話時，才會放緩語速，彷彿捧著珍視的寶物，要將僅存的溫度傳遞給她。

謝永兒幾乎是反射性地被勾起了心中所有委屈，「殿下……」

夏侯泊道：「聽說妳滑胎之後，皇帝派人圍在妳的門外，名曰保護，卻禁止出入，可是另有隱情？」

謝永兒剩下的話語戛然而止。

他語聲中的擔心是如此真誠熨帖，放在以前，她定會紅了眼眶。但今天有人逼迫她換了一個視角。這次她終於聽懂了，每一個字裡都是審問之意。

謝永兒以為自己心頭的血液已經冷卻到了極點，原來還可以更冷。

幸好此刻沒有人能看清她的表情。

謝永兒緩緩道：「我聲稱沒有懷孕，皇帝卻起了疑心，算了算日子，懷疑孩子不是他的。但那胎兒被我拚死找機會埋了，皇帝沒能找到證據，又怕此事傳出去丟臉，只能將我困在房中看守著。」

夏侯泊冷笑了一聲：「還是那麼無能。」

他又關切地問：「可若是這樣，妳今日是怎麼出來見我的？」

謝永兒：「……」

一瞬間，只是一瞬間。

她知道這一瞬間的停頓已經出賣了自己，即使立即奉上完美的解釋，夏侯泊也不會再信。

一瞬間的猶豫後，她顫抖著道：「是皇帝逼我來的。」

用過晚膳，夏侯澹照例送庚晚音回她的住處。

烏雲遮月，迴廊上掛著的一排六角宮燈在冷風裡飄搖不定，拽著他們的影子短了又長。

夏侯澹朝冷宮的方向望了一眼，自然是什麼也望不見，「也不知道那邊怎麼樣了。」

庚晚音沒搭腔。

她面上仍舊有些發燙，經風一吹才消退了些。

她暫時把所有危機拋到一旁，耳邊一遍遍地迴盪著剛才的對話。

她問：「你這是吃醋了嗎？」

夏侯澹回：「是啊。」

幾個意思？為什麼要吃謝永兒的醋？

庚晚音心裡悸動了一下。剛跟一個戀愛腦的謝永兒聊了一整天的兒女情長，她似乎也被洗腦了，明知時機不對，卻還是忍不住半真半假地追問了一句：「因為我幫她梳頭化妝啊？明天也幫你……」

夏侯澹道：「不是。」

庚晚音心跳得更快了。

結果，夏侯澹這兩個字說得如此坦蕩、如此理直氣壯，說完就一臉淡然地繼續吃飯，彷彿這個話題已經圓滿結束了。

以至於庚晚音凝固在原地，愣是問不下去了。

幾個意思啊？

這算什麼呢？是承認了嗎？是捅破了那層窗戶紙嗎？

從她察覺他待自己的心思，已經過去了八百年。只是他似乎真的對身體接觸有什麼不可言說的陰影，她只能耐住性子，等他自行捅破那層紙。

結果他老人家真就不急不躁，似有還無，竟讓她開始懷疑自己是不是自作多情了。

又是一陣冷風，迴廊燈影一陣凌亂晃動，挑燈走在他們身前的兩個引路宮女驚呼一聲——她們手中的宮燈被吹滅了。

光影交疊，庾晚音一時看不清腳下的路，步履慢了下來。

肩上忽然一暖。

夏侯澹解了外袍披到她肩上，「穿這麼少，小心感冒。」

庾晚音靜了靜，轉頭看去。夏侯澹的面容在一片暗淡昏黃中模糊不清，只有眼神是清晰的，安定地回望著她。

前面那兩個宮女還在一邊告罪，一邊手忙腳亂地打火點燈。

庾晚音用她們聽不見的音量說：「你這可是龍袍。傳出去我又成禍國妖妃了。」

夏侯澹被逗笑了，「妳不是嗎？」

庾晚音：「……」

庾晚音甚至有一絲火氣了。

這若即若離的是在玩姐姐我嗎？

夏侯澹，你是不是真的不行？

忍不下去了。

她衝動地朝他那兩瓣薄唇靠過去，想當場坐實妖妃之名。

宮燈重新亮起。

夏侯澹轉頭看了看，道：「走吧。」

餘下的路途，庾晚音都沒說話，低頭藏著表情，所以也沒發現夏侯澹不知不覺落後了半步，目光始終落在她的背影上。

再給她一千個戀愛腦，她也猜不到此時夏侯澹在想什麼。

他正在反思，不該說那些的。

不該靠近她，不該用一張偽裝出的「同類」的皮囊，騙取她的親近與善意。

他能瞞她多久呢？等到真相大白的那一天，此時此刻浮動著的溫暖情愫，會出現在她的噩夢裡嗎？

可是明知道不應該，他卻還是放任了自己。

這股衝動是從何而來的呢？是因為冥冥中他已經知道，明天之後就未必再有機會了嗎？

冷宮。

黑暗中的對話已經進行到尾聲。

一陣大風吹開了厚重的雲絮，月光傾瀉而下，無量慈悲，對冷宮的破屋爛瓦也均等布施。

謝永兒的髮絲間折出朦朧的螢光。

夏侯泊忽然笑道：「永兒今天似乎格外漂亮。」

謝永兒的妝容經過月光一洗，並不顯得特別突兀，但仍能看出不是普通的宮妝。

謝永兒轉眸望著他，「我現在還有些病容，不想被你看見難看的樣子，所以多抹了些脂粉。殿下喜歡嗎？」

夏侯泊道：「喜歡。與眾不同，正如妳一般。」

謝永兒：「……」

視角一旦切換過來，她才發現端王哄人的話術其實並不如何高明，甚至透著濃濃的敷衍。

謝永兒的眼睛已經完全適應了黑暗，也看清了夏侯泊的表情。無瑕的微笑，專注的目光，可那雙眼中並沒有她的倒影。

說來奇怪，最初讓她沉迷的，就是那雙倒映不出自己的眼睛。他的目光彷彿一直看著很遠的地方，從不落在任何凡人身上。只是那時她篤信那些「凡人」中並不包括自己。

如果庚晚音在這裡，大概會說他整個人站成了一張「沒有那種世俗的欲望」的圖吧。

謝永兒突然覺得有些好笑。

如果庚晚音是跟她一樣的人，或許她也不會顯得如此可悲吧？

夏侯泊道：「怎麼？」

謝永兒搖搖頭，「那就按照殿下說的，我回去之後便遞話給皇帝。」

「嗯。」夏侯泊摸了摸她的頭，「辛苦妳了。」

夏侯澹將庚晚音送到寢殿門口，兢兢業業地演繹追妻火葬場，「朕走了，好好休息。」

他沒能走成。

庚晚音牽住他的衣角，也不知幾分是演戲給宮人看，幾分是真心誠意，神情彆扭中透著羞赧，「陛下，今夜留下吧。」

她左右看看，湊到他耳邊，軟軟的氣息吹進他的耳朵，「別走了，我給你看個東西。」

夏侯澹：「……」

別玩我了，這是報應嗎？

庚晚音確實有點報復的意思，故意牽住他的手不放，一路將他引進室內，關上臥房的門，遣散了宮人，還意味深長道：「好美的月色。」

夏侯澹道：「……是啊。」

突然出現在他們身後的北舟道：「是挺美的。」

夏侯澹：？

庚晚音笑道：「北叔，給他看東西。」

夏侯澹：？？？

翌日清晨，庚晚音比平時醒得更早一些。

窗外依舊是陰天，沉悶的空氣似乎醞釀著一場大雨。她下意識轉頭一看，發現枕畔無人，驚得一坐而起。

「我在這，」夏侯澹坐在床沿看著她，「還沒走。」

庚晚音鬆了口氣，「怎麼不叫醒我？」

夏侯澹沒有回答，順手遞給她一張紙條，「謝永兒早上遞進來的。」

庚晚音展開一看，寥寥幾個字：「諸事如常，端王主和。」

她皺起眉，「好敷衍的答案。」

「還打算相信她嗎？」夏侯澹問。

「……不好說。如果端王真的沒有陰謀，當然是最好……」庾晚音望著他戴上旒冕，一個沒忍住，「要不然我還是跟你一起上山吧。像之前那樣，扮成侍衛，行嗎？」

夏侯澹笑了，「不行。妳留著，萬一有個突發情況，至少……」他頓了頓，「至少妳還可以隨機應變，策應一下。」

但庾晚音聽懂了他咽回去的後半句，大概是「至少妳不會有危險」。

她跳下床，「我跟你一起去。不要勸了，我不聽。」

「晚音。」

「不聽。」

夏侯澹又笑，「現在太后和端王的小動作都是未知數，妳怎麼知道突發情況會是在山上還是山下？我們都去了陵寢，萬一城中出事呢？」

她確實否認不了這個萬一。

夏侯澹道：「我這邊有北叔這個不為人知的底牌，暗衛這段時間被北叔特訓，身手也提高不少，不用太擔心。倒是妳，要是遇上事，記住保護自己才是第一位。」

庾晚音不吭聲。

「晚音。」夏侯澹又喚了一聲。

庾晚音心煩意亂，也不知在生誰的氣，「走吧走吧，早去早回。」

床邊靜默的時間略有些長。她疑惑地抬頭。

夏侯澹道：「回來之後，有點事要告訴妳。」

庾晚音：「……」

庾晚音道：「呸呸呸呸呸！你亂插什麼旗？快收回！」

「不收。」夏侯澹起身，「走了。」

「收啊！」

皇帝與太后的車駕浩浩蕩蕩地啟程，驊騮開道，緩緩朝著邶山行去。

一個時辰後，木雲收到消息：「他們全部出城了。」

木雲道：「那咱們也開始吧。」

太后留下的口諭是：低調行事，找出使臣團，編個罪名逮入獄中再動手。

木雲顯然不會遵從這個旨意。

車駕剛離去，城中巷陌就亂了套。大批人馬先是直撲館驛，撲了個空，緊接著便兵分數路，滿城亂竄，挨家搜查。彷彿生怕不能打草驚蛇。

就連圖爾一行人藏身的別院裡，都能聽見外頭的嘈雜聲。

嘈雜聲越來越近。室內，使臣團圍坐在一張桌旁，哈齊納側耳聽了片刻，用眼神詢問圖爾。

圖爾比了個少安毋躁的手勢。

院子裡站著一批保護他們的侍衛。昨天深夜，正是這些人從館驛裡帶走他們。從侍衛凝重的眼神中，圖爾推斷那張詭異的紙條所寫內容，至少有一部分是真的：確實有人要殺他們。

是誰呢？太后嗎？

圖爾不甚在意這個。他更在意的是，紙條上的另一句話，也是真的嗎？

這時，院中的侍衛走了進來，低聲說：「還請諸位跟著我們，從後門暫避。」

看來搜查的人要闖進來了。圖爾沉默著起身，配合地跟隨著侍衛溜出後門，走進一條窄巷中。

侍衛悶頭帶路，似乎要引他們去另一個藏身點。圖爾忽然開口了：「這位大哥，可否派個人去邶山通知皇帝陛下，讓他來保護我們？」

侍衛隨口回道：「陛下已然知情……」話音未落，陡然察覺不對——這群燕人一直沒離開過監視，也不會有人將天家的行蹤洩露給他們，他們怎麼會知道皇帝去了邶山？

侍衛的反應不可謂不快，轉身的同時，手已經握住了刀柄。

可惜他永遠沒有機會出刀了。

未及回身，一雙大手握住他的腦袋，運力一扭，他依稀聽見一聲不祥的悶響，就覺得頭顱忽然被轉到了背後。

那雙眼中最後映出的，是一張陰鷙的臉龐。

圖爾驟然發難，手下迅速跟上。那群侍衛剛反應過來，一把毒粉已經兜頭撒來。無聲無息，後巷中倒了一片侍衛屍體。

圖爾用燕語指示：「換上他們的衣服，取走他們的武器和權杖。」

哈齊納問：「王子，接下來怎麼辦？」

圖爾道：「出城，上邶山。」

珊依死後，他發誓要讓夏國人血債血償。他身先士卒，衝鋒陷陣，功績越來越高，聲望越來越盛，燕國人視他為天之神子。

燕王對他露出的笑容日漸虛偽，圖爾不是不知道，只是不在乎。從叔叔送走珊依的那一天起，他們之間就沒有情分可言了。

最終，連表面上的合作都走到了盡頭。

燕王早已不再親自出征。他每日躲在新建的宮殿裡，與羌國的女王卿卿我我，一副老房子著火、終於遇上了真愛的樣子。都說羌國人善毒，圖爾懷疑那女人有什麼古怪方子讓他枯木逢春。

後來那個名叫汪昭的夏國人跑來講和。燕王動了心，圖爾卻堅決反對，他的部下群情鼎沸。眼見著已經有人嚷嚷擁圖爾上位，燕王坐不住了。

圖爾至今也不知道自己是怎麼中毒的。他只知道自己一頭栽倒在營帳中，再次醒來時已經被拴上鐵鍊，囚禁在家裡。

羌國的女王來探望過他一次。紅衣紅唇、風情萬種的女人朝他微笑，「比起你叔叔，我當然更願意選擇你。我給過你機會，你拒絕了。」

圖爾問：「妳什麼時候與我說過話？」

「初見的酒宴上，我一直對你笑呢。」她的笑容漸漸冷了下去，「沒注意到嗎？」

圖爾莫名其妙地看著她，「我為什麼要注意妳？妳以為自己很美？」

望著她甩袖離去的背影，他生出一絲廉價的快意。

女王離開後，地上遺落一個香囊。

他打開一看，裡面是數枚藥丸，顏色不一。他不小心聞了一下，只覺一陣暈眩，丟開香囊調息許久才平復過來。

是毒，五花八門的毒。

那個香囊，她始終沒有回頭來尋。

他的心腹哈齊納冒死混了進來，帶來的全是壞消息：在他昏迷期間，兵權旁落，大勢已去，曾經的手下也被燕王以各種理由辦了，而且，燕王派出的使臣團即將啟程前往夏國和談。

就在這時，圖爾意識到這是自己最後的機會。

如果把握住了，他不費一兵一卒便可長驅直入，直奔大夏都城，手刃那皇帝，順帶還可以毀了燕王的如意算盤，讓他在戰火中「安」度晚年。

自然，他自己也不可能活著逃回來。

但他並沒有想逃。

圖爾晃了晃那個香囊，「我們把使臣團截殺了吧。」

宮中。

皇帝走了，太后也走了，一群妃嬪如同放了大假，趁著天還未落雨，紛紛走出門，散步聊天，不亦樂乎。

只有庾晚音關起門來獨自轉圈。

她的眼皮一直在跳，胸膛中也在擂鼓。但無論怎樣用邏輯推斷，端王都沒有理由攪黃這次和談。

直覺告訴她漏掉了什麼關鍵資訊，就像拼圖缺失了最關鍵的一塊。

夏侯澹留了幾個暗衛保護她。此時見她如此，暗衛勸道：「娘娘別太擔憂了，陛下說了若有急事，由娘娘決斷，會有人來通報的。」

庾晚音充耳不聞，又轉了兩圈，突然道：「我出門去散個步。」

暗衛：？

庾晚音剛走到御花園，迎面就遇上了謝永兒。

謝永兒今天居然也化著現代妝容，瞧著高貴冷豔，目下無塵。兩人一打照面，謝永兒冷著臉瞥了她一眼，輕哼一聲，與她擦肩而過。

庾晚音沒有叫住她，也沒有回頭。

等到各自走遠，庾晚音繞回自家，一進大門就狂奔回床邊，拈起夏侯澹早上遞來的那張紙條，又仔仔細細看了一遍。

依舊是白紙黑字，沒有別的花樣。

庾晚音不死心，點起燈燭，將紙條湊到火上燻烤。

她忘了，她竟然忘了——原作裡的謝永兒就用過這一招。

隨著火燭跳躍，更多的字跡從空白處慢慢顯形。與那幾個大字不同，這些字擠在一處寫得密密麻麻：「端王的人在監視我。他說皇帝不會活著下邶山。」

昨夜。

謝永兒道：「是皇帝逼我來的。殿下約我相見的紙條被他截獲了，他暴跳如雷，說要將我活活溺死。可他又畏懼殿下，所以讓我來照常赴約，再回去告訴他，你是不是有什麼陰謀。」

夏侯泊道：「陰謀？」

謝永兒道：「他說他夢見了不好的事情，卻不確定那是噩夢還是什麼徵兆。似乎是與使臣團有關，但他沒有明說……」

夏侯泊想起來了，庾晚音之前說過夏侯澹也開了天眼，但是沒有那麼好用，只能看見遙遠的未來。

若是好用，他也不至於被太后死死壓制到現在。

至於為什麼突然夢見了不好的事……難道是預知死期了？夏侯泊充滿興味地想。

當然，也有可能全部是謊言。但謝永兒畢竟剛為他失去一個孩子。

諷刺的是，她一直以來癡情的姿態沒能換取他的垂憐，卻換取了他有限的信任。

謝永兒泫然泣下道：「殿下，帶我走吧，我一定會被他殺了的！」

「我會帶妳走的，但不是現在。」夏侯泊哄道：「永兒，就當為了我，妳得回去告訴他一切如常。」

「可是，我說完之後，就沒有活著的價值了，他……」

「放心吧，他明天會去邶山，然後就不會再下來了。說到這個，永兒也幫我出出主意？」

燭火上方，又一行字跡浮現：「燕人行刺。」

拼圖補上了最後一塊。

庚晚音面無表情，手指停止顫抖。她穩穩拈著紙條湊近燭火，將它燒成青灰。

恰在此時，暗衛衝了進來，「城中傳信，燕國人殺了護衛，不知所終。」

庚晚音並不驚訝，起身輪番打量那幾個暗衛，只覺得腦子從未轉得如此快過，「你們調得動禁軍嗎？」

暗衛面面相覷，「沒有陛下信物，禁軍恐怕不會買帳。」

庚晚音道：「我猜也是。禁軍被端王買通了，貿然去通報，反而會驚動他……」她閉了閉眼，「都換上便服，我易個容，我們出城。」

暗衛驚道：「娘娘！」

庚晚音簡略道：「燕人是去行刺的，端王的人在暗中相助。」她已經衝向妝奩了，「還傻站著幹什麼，換衣服啊！」

暗衛也慌了，「屬下奉陛下之命保護娘娘，陛下說若有危險，決不能讓娘娘上山，否則讓我們拿命相抵。況且娘娘不會武功，就算上了山……」

庚晚音什麼也沒說，從袖中抽出一物，指向一旁的木桌。

在他們頭頂上方的高空，鉛灰色的雲層中，落下了第一滴雨水。一線銀光墜向一無所覺的大地，「砰」的一聲巨響，在深宮中炸開。

秋季裡不常見的悶雷一陣陣傳來。

哈齊納擠在出城的人流中，額上忽然一涼，一滴秋雨濺開。

走在他前面的婦女抬頭看了天一眼，撐起一把傘。

圖爾一行穿著從大內侍衛身上扒下來的衣服，男人尚能湊合，女人卻明顯穿得不太合身。但倉促之下，也只能如此，至少好過他們原本的裘衣和畫裙。所幸因為這身制服，沿途的百姓也不敢多朝他們看。

眼見著隊伍越來越短，即將走出城門，守城的侍衛朝他們望了過來。

圖爾已經扯掉那把假鬍子，但身高無法作偽，通身的煞氣也不能完全收住，站在他面前如同山嶽壓頂。

守衛：「……」

圖爾低頭對他晃了晃權杖，冷冷道：「有要務在身。」

守衛的目光掠過他身後的眾人。

哈齊納等人半低著頭，默默攥緊了武器。

卻不料守衛只是掃了一眼，便行禮道：「請。」

眾人屏著一口氣，仍不敢放鬆，規行矩步地出了城門，錯過了守衛目送他們的眼神。

等他們走遠，守衛轉身便去求見禁軍統領，「大人，那些人已經放出城了。」

趙統領深吸一口氣，「你說什麼人？」

守衛不解道：「大人？」

趙統領的鼻尖滲出些冷汗，「我可不曾吩咐過你。今天什麼事也沒發生，聽見沒？」

守衛一凜，忙道：「是。」

這個趙統領大名趙五成，正是當初被端王「扶正」的那個趙副統領。端王抓住他的把柄，逼著他與自己合作，之後設計暗殺統領，由他取而代之。他借著職務之便，常為端王搞點小動作。

趙五成本質是個草包，平生從未真正打過一場仗，見風使舵、渾水摸魚倒是一把好手。也正因此，禁軍在他手下一天比一天懶散，內部早已被蛀空了。

端王在醞釀些什麼，他心裡多少清楚，卻不敢點破。睜一隻眼閉一隻眼，讓心腹放幾個人出城，便是他能做到的極限了。如果端王逼得再狠些，拉他共謀大計，即使他迫於淫威答應了，也使喚不動手下的禁軍。

趙五成回身點了一炷香，暗自祈願端王不要失手，即使失手了，也別把自己牽扯進去。

他的算盤倒是打得很好，邶山之事，成則皆大歡喜，敗則明哲保身。

趙五成找來幾個心腹，「看緊風向，隨時通報。」

心腹道：「通報什麼？」

趙五成怒道：「……有什麼風吹草動，都得通報！」

他得及時決定，自己是要救駕，還是救駕來遲。

雷聲滾滾，頭頂的雨點由小漸大，越來越密集。

楊鐸捷坐在轎中搖搖晃晃。轎子是人抬的，沿著神道拾級而上，一路登上邶山。

這原本只是座荒山，如今山上立了座享殿，又圍著享殿建了齋戒駐蹕用的下宮。本是氣象巍峨的建築，然而被冷雨一澆，掩映在森森林木間，倒透出幾分鬼氣來。

楊鐸捷被晃得頭暈，東倒西歪地下了轎。雖有侍從站在一旁為他撐傘遮雨，但雨腳亂飄，還是很快濺濕了鞋襪。

楊鐸捷打了個寒噤，狼狽不堪地抬頭望去。前面那兩位不愧是天家，走在這樣的雨中，愣是步履端莊，神色從容。

太后眼皮都不眨地道：「果然是好地方。」

夏侯澹面不改色，「母后喜歡就好。」

負責督建的官員在一旁點頭哈腰：「好雨知時節，正是聖人的恩澤到了。」

楊鐸捷：？

太后心裡早已罵了無數句晦氣，然而此時說什麼也要把夏侯澹留在城外，硬著頭皮道：「那就陪母后走走，也讓欽天監的人看看風水。」

天家認證算命先生楊鐸捷：「……」

他被打發過來時，上司是這麼解釋的：「千秋宴籌備得好，陛下和太后都很滿意，你能說會道，又通五行八卦，以後這種場合交給你最是合適不過。」

翻譯過來就是：決定以後都讓你負責唬爛。

楊鐸捷心裡很是崩潰。

他很想問問夏侯澹還記不記得當初在畫舫上畫的大餅，百姓的希望、大夏的脊梁。

幹完這票就辭官回老家吧，他想。

楊鐸捷強顏歡笑湊上前去應付太后：「微臣見此處依山傍水，氣貫隆盛……」

他說著瞥了夏侯澹一眼，意外地發現皇帝也正垂眸望著他，表情漠然，眼神卻似有思慮。

楊鐸捷口中的話語停頓一下，下意識反思自己哪裡說得不對，夏侯瀒卻已經移開了目光。

一行人繞著陵園走了一圈，夏侯瀒不覺間與太后拉開了幾步距離。嬷嬷裝束的北舟為他撐著傘，伸出手攙住他問：「還好嗎？」

夏侯瀒頭疼得厲害，每動一下都覺得神經在痙攣，連嘴都不想張開，只「嗯」了一聲。

北舟從傘底瞥了四周的樹林一眼，「林中有人藏著，我們上山時就在了。」

那麼，這陰謀就是在山上了。

夏侯瀒居然心下略鬆。

北舟一語道破他心中所想：「還好沒讓晚音跟來。東西帶在袖中了？」

「瀒兒，」太后不知道他在與人嘀咕什麼，生怕他起疑離去，主動朝他靠近道：「外面冷，進享殿看看吧。」

夏侯瀒畏寒似的袖起手來，輕聲道：「母后請。」

然而恢宏的享殿內也泛著一股冷冷的潮氣。

風雨如晦，宮人點起燈燭也照不亮昏暗的大殿。太后一進門就吩咐侍衛四散去享殿周圍。她帶來的人比夏侯瀒的侍衛走得更遠些，名曰巡邏，其實是為了攔下有可能從城裡傳上來的急報。

太后心裡有鬼，邊走邊對夏侯澹示好：「陵寢修得確實氣派，皇兒有心了。」

夏侯澹忍著頭痛陪她演，「兒臣應做的。」

太后對他笑了笑，似有感慨：「皇兒近來學會自己拿主意了，是好事。母后年紀大了，也該享享清福了。」

這話連楊鐸捷聽了都腹誹：可以了，再演就過了。

夏侯澹惜字如金：「母后春秋鼎盛。」

但太后顯然對夏侯澹的智商有成見，慈愛道：「昨兒太子還對哀家提起你，說很是想念父皇。」

夏侯澹忍無可忍地閉了閉眼，眉間有黑氣竄起。

太后道：「你閒來無事，可以考考他的功課，多與他說話——」

「母后，」夏侯澹在這一剎那放棄了所有偽裝，輕柔地說：「母后這些年不敢放太子出來，今日忽然說這話，是覺得他現在死不了了嗎？」

太后噎住了，她不可思議地看著他，心想的是：這人終於澈底瘋了？

殿中一片死寂。

四周的官員、宮人、侍衛努力將自己縮小，恨不得當場縮成個球原地滾遠。

楊鐸捷：「……」

他剛才是不是聽見什麼活人不能聽的內容？

太后終於反應過來，柳眉一豎，「這話是何意？」

夏侯澹的眼前閃過一些凌亂的畫面。一群宮人，有男有女，像替牲口配種的農戶般圍著他。為首的大宮女將一枚藥丸捧到他面前，見他不動，道了聲失禮，便直接塞進他口中……

越是頭痛欲裂，他面上越是不顯，甚至還對她溫柔地笑了笑，「母后該不會以為我會對他生出什麼父子之情吧？」

四目相對的一瞬間，太后脖頸後的汗毛忽然豎了起來，彷彿聽見一條毒蛇「嘶嘶」地吐出了信子。

楊鐸捷：「……」

他開始思考自己今天還能不能活著下山。他們該不會把所有人滅口吧？

夏侯澹偏要在此時點他：「欽天監那個。」

楊鐸捷無聲地打了個寒戰，「臣在。」

夏侯澹隨口道：「附近的下宮、神道、碑亭，都去勘查一下風水。瞧仔細些，不可有任何紕漏。」

楊鐸捷一愣，雖然不明所以，腳下卻動得飛快，彷彿生怕皇帝改變主意，逃也似的告退了。

他一頭鑽進雨簾中，直奔最遠的偏殿而去。只要沒人找他，他能勘查到明年。

第十五章　燕人行刺

林中。

正在巡邏的侍衛忽然聽見林木深處傳來一聲異響，混在雨聲中並不分明，似是樹枝折斷的聲音。

他走去探看，沒瞧見人影，心想著可能是聽錯了，正要回身，眼角餘光猛然瞥見泥濘的土地上，一排深深的腳印。

侍衛張口便要預警，那一聲呼喊卻被永遠掐斷了。

圖爾將他的屍身拖到樹後藏起，抬頭看了不遠處的殿宇一眼，比了個無聲的手勢。

殿內。

太后仍死死盯著夏侯澹，彷彿聽見了什麼大逆不道的話，正等著他謝罪。

夏侯澹的確是不想演了。

雖然不知道她費盡心機將自己弄到這裡，即將亮出什麼招來，但走到這一步，已經沒有必要虛與委蛇了。

此刻庾晚音不在身邊，他連最後一層偽裝都不必披了，似笑非笑地瞥了太后一眼，「還不開始嗎？」

太后道：「……什麼？」

話音剛落，一道閃電劃破天幕，昏暗的室內霎時間明光爍亮。就在這一閃之間，四面的窗扇同時破碎！十數道黑影一躍而入，如鬼影般撲向他們！

太后肝膽俱裂，尖叫一聲：「護……護駕！」

殿中的侍衛匆忙奔去，卻連來人的動作都未及看清，就見一把粉末兜頭撒來。跑在最前面的侍衛倒地之前還在勉力招架，被來人三兩下結果了性命。

十人。

延遲的雷聲如在耳邊炸開。

夏侯澹的暗衛們慌忙現出身形迎敵，沒想到對方武功奇高，而且路數詭譎，竟然一上來就打潰了他們的陣形。

十四人。

又一道閃電。乍明乍暗，餘下眾人視野昏花一片，已經來不及思量對敵之策，只是憑著本能縮小圈子，以肉身為牆擋在皇帝面前，要拖住他們一時半刻。

「陛下快逃——」

太后早已癱坐在地。

二十人。

第二道雷聲傳來時，地上已經倒了二十具屍體，其中只有兩個是來敵。

此時夏侯澹終於看清了這群人的面容。並不陌生，千秋宴上還見過。

燕國人。

圖爾衝在最前面，抓著一把從侍衛身上扒下來的刀，舞得大開大合、虎虎生風。天生巨力如洪流澎湃，灌注周身，普通的長刀愣是被他使出了風雷奔騰之象。

刀光如電，將又一名暗衛齊腰砍斷，下一秒已經指向了堂上的天子，那沙場征伐的氣勢，彷彿這一刀劈下，能葬送千軍萬馬——

然後被一把短劍架住了。

握劍的手腕上還戴著鐲子。

圖爾驚愕地抬頭一看，是個濃妝豔抹的嬤嬤。

在他的注視下，那嬤嬤渾身的骨骼傳出「喀啦啦」一陣悶響，整個人的身形驀然拔高，現出了男人的體貌。趁他一時震驚，那男人一記鐵掌裹挾著勁風，結結實實拍中他胸口，圖爾踉蹌退出兩步，吐出一口血來！

圖爾道：「你是什麼怪物？」

北舟道：「你老母。」

圖爾：？？？

北舟也在暗暗心驚。劍短刀長，方才他強行一架，已經受了內傷，出掌的那隻手也在隱隱作痛。這人身上的肉怎麼長的，莫非是鋼筋鐵骨不成？

北舟面色凜然，緩緩道：「看這身手，你是那什麼燕國第一高手圖爾吧？」

圖爾道：「不錯。你又是什麼來頭？」

北舟瞥了滿地的死傷一眼，跨前一步，從地上撿起一把長劍，抖落刃上血水，淡然道：「我是大夏宮中一個普通的端水嬤嬤。」

圖爾：「……」

圖爾後知後覺被人諷刺了，不怒反笑，「你們夏人只會耍嘴皮子嗎？來打啊！」

他拉開架勢，持刀又上，北舟毫無怯意，正要迎敵——

突然聽見身後某處傳來幾不可聞的「唠嗒」一聲。

電光石火之間，北舟動了。

不是迎著圖爾，而是抽身撤向一旁。

下一秒，彷彿一道天雷直直落在享殿中央，轟然炸開。

昨夜。

庾晚音笑道：「北叔，給他看東西。」

北舟笑咪咪地將藏在身後的兩隻手舉了起來。

夏侯澹：「……」

夏侯澹一臉空白地看向庾晚音，「妳在逗我？」

北舟道：「咦，澹兒你怎麼一副已經看出這是什麼東西的樣子？這可是晚音當初提的點子，不用內力，而是用火藥催動機關，發出暗器。叔研究了無數個夜晚才做出來的，古往今來唯一一對……」

夏侯澹道：「槍。」

北舟道：「你這眼神不好，這怎會是槍？我取了個名字，叫九天玄火連發袖中弩。」

夏侯澹：「……」

夏侯澹道：「叔你開心就好。」

北舟道：「來，一人一個拿好，關鍵時候保命。不過你們未經練習，恐怕會欠些準頭，輕易不要亂用。我？我不需要這玩意也能防身。」

殿中一時陷入了死寂。

就連乘勝追擊的燕國人都不禁動作一滯，目瞪口呆地看向大殿中央。

木柱上憑空冒出一個巨大的窟窿，燒焦的味道伴著青煙飄了出來。

夏侯澹不知為何踉蹌後退了半步才站穩，手中舉著一個前所未見的古怪玩意，一頭正對著圖爾。

誰也沒看清他剛才是怎麼出手的，但那巨大的聲勢、恐怖的殺傷力，已經顛覆了眾人的認知。

他應當是打偏了，剛才那一下如果打中圖爾……

圖爾仰頭大笑。

「好！」他眼中泛著血光，「今天就看看是你死還是我亡！」

話音剛落，他卻沒有衝向夏侯澹，而是縱身撲向北舟。

北舟眉頭一擰，想與他拉開間距，方便夏侯澹下手。圖爾卻直覺驚人，一下子領悟了其中關竅，抓著北舟與之纏鬥，口中還提聲喝道：「都這麼做，他沒有準頭！」

他的手下恍然大悟，如法炮製，抓著剩餘的侍衛近身打鬥，更有甚者，直接扛起侍衛的屍首當作掩護，一步步朝著夏侯澹逼近。

北舟被圖爾窮追不捨逼至牆邊，面如霜寒，「你是不是太小瞧我了？」

他腳下一錯，猛地運氣周身，長髮飛揚，劍光如虹。

圖爾側身避過，北舟這一劍卻勢頭不減，破開窗扇，整個人順勢衝了出去。

圖爾一愣，緊跟著了悟，卻已經來不及了。

身後又是一聲炸響，他的肩上一陣劇痛！

圖爾大喝一聲，跟著北舟破窗而出，右肩血流如注，焦糊味混著血味，令人作嘔。

他就地一滾，遠離了窗口，在大雨中站起身，試了兩次都無法再抬起右臂，惡狼般的眼神射向北舟，恨不得生啖其肉。

北舟卻「嘖」了一聲，遺憾道：「準頭確實不行。」

圖爾將刀換到左手，「再來！」

殿內，侍衛已經死得七零八落，餘下四五人苦苦支撐。

太后癱坐了半天，發現來人似乎對自己的性命並無興趣，便縮著腦袋朝後門爬去，想要趁亂逃脫。

夏侯澹放槍殺了四個燕人，剩下的不好瞄準，反而失手打傷了一個暗衛。不過有槍在手，倒讓這群燕人也不敢輕易靠近。

還剩幾發彈藥？三發？四發？記不清了。

他深吸一口氣，重新舉起槍，忽聽暗衛驚呼道：「陛下，身後！」

夏侯澹猛地回身，只來得及避過要害。

偷襲他的哈齊納一劍刺入他的右胸。

或許是因為對疼痛已經習以為常，夏侯澹先是感覺到一陣刺骨涼意，接著才遲鈍地覺出痛來。

他機械地抬手，扣動扳機。

哈齊納倒下了。

夏侯澹跪倒在地，拿不准要不要拔出胸口的劍。傷口有些發麻，也許淬了毒。想到此處，他還是咬牙拔了劍，血液汩汩冒了出來。

殿門外，早有侍衛見勢不妙，衝入雨簾中，打算跑下山去找禁軍增援。還沒跑出多遠，頭頂忽有破空之聲。他沒來得及抬頭，便被一箭穿心。

林中傳出一聲驚呼，緊接著是重物墜地聲。

如此反覆幾次，北舟注意到了，一邊應付圖爾，一邊提氣從視窗喝道：「林中有埋伏，不讓我們下山！」

已經快要爬到門口的太后一個激靈，回頭去看夏侯澹。跪在地上的夏侯澹也正抬頭望向她。

視線撞上，他毫不猶豫地將黑洞洞的槍口對準了她。

太后眼前發黑，下意識慘叫一聲。

夏侯澹卻將槍口下移，「砰」的一聲打中她的腿。

太后又是一聲撕心裂肺的慘叫：「夏侯澹，你這個死——」

夏侯澹道：「母后這是打算與我同歸於盡嗎？」

「什麼……」太后腦中一片混沌，痛得涕泗橫流，「林中不是我的人！我的人在城裡——」

方才的一切發生得太快，夏侯澹來不及梳理思緒，這時聽太后一嚎，他倒是想明白了。端王。

太后還在哭號：「真的不是我，你放我走啊……」

夏侯澹笑了，「母后，想不到你我母子一場，今日竟會一起交待於此。但不幸中的萬幸是，妳的陵寢可以派上用場了。」

他說完笑得更真心了點，似乎被自己逗樂了。

太后的冷汗和鼻涕一起往下淌，「你……你是個瘋子……」

夏侯澹卻搖搖頭，「可惜，我還不能死。」

還剩幾發彈藥？兩發？一發？

他支起身，又結果一個衝上來的燕人。

「還有人在等我回去呢。」

楊鐸捷出了下宮一座偏殿的門，又朝下一座走去。

從剛才開始，外頭雷聲不斷，一陣陣由遠及近，彷彿九天之上有什麼龐然大物正一步步地踏來，要以電為刃，劈碎這座邶山。

楊鐸捷心頭不知為何突突直跳，他縮緊了脖子。

又是一聲炸雷，身旁的宮人驚得傘柄一偏，澆了楊鐸捷半身的雨。

楊鐸捷正要悶頭走進室內，腳步忽然一頓，偏頭望向享殿的方向。

剛才那最後一聲……是雷聲嗎？

邶山上的林木在晦暗不明的天色下簌簌顫抖。遠處天際如同一團濃墨洇開，層層疊疊的雲山傾倒，化為洪荒倒灌而下。

突然之間，眼角餘光裡閃過一道黑影！

楊鐸捷定睛望去。不是錯覺，真的有人在朝山下狂奔而去，是大內侍衛。

侍衛竟然棄皇帝於不顧？是倉皇逃命，還是去搬救兵？

享殿裡出大事了。

楊鐸捷內心掙扎了一下，最終責任心戰勝了求生欲。一日為臣，就得盡臣子的本分。他從嚇得腿軟的宮人手中奪過雨傘，朝著享殿疾步走去。

迎面又是兩人奔來，看裝束是夏侯澹的暗衛，「楊大人且慢！」

楊鐸捷問：「裡頭怎麼了？」

暗衛面色凝重，簡短道：「燕人是刺客。」

楊鐸捷一下子明白過來，拔腿又要衝，暗衛一把攔住他，「屬下去通知禁軍，大人千萬別去享殿，也別下山，尋個僻靜之處躲起來，莫辜負了陛下一番好意。」

他們匆匆交代完，撂下楊鐸捷，奔向黑黢黢的山林。

楊鐸捷呆立在原地。

好意。

是了，方才皇帝支開他，是察覺情況有異，故意讓他避險。

只有生死關頭等臣子救駕的皇帝，哪有一把將臣子推開的怪胎？

他想起夏侯澹剛才望向自己的眼神。那其中沒有笑意，也沒有光彩，只有冷漠的權衡計算——正是一貫讓他不適的，「聖人無情」的眼神。

今日之前，楊鐸捷一直以為夏侯澹將自己當作一顆有用的棋子。

現在他明白了，他的確有用，但不是對皇帝而言。

皇帝臨死也要保他，因為他對天下有用。

夏侯澹當初在畫舫上那一番煽動人心的發言，他從未當過真，「站直了身子，做大夏的脊梁啊。」

然而天子一諾，重於九鼎。

楊鐸捷一時說不清心中所思，只覺得四肢發麻，血脈僨張。他沒頭沒腦地朝著享殿拔腿衝去，然而剛邁出幾步，就聽見身後林中傳來異響。

剛才攔住自己的暗衛之一撲倒在地，背上插著一支箭。剩下一人正在與人苦戰。

楊鐸捷慌忙閃到最近的廊柱後頭，探頭望去。

仔細一瞧，他才發現林間各個方向的地上都有屍體。除了侍衛與暗衛之外，還有一些屍體身著布衣。

林間正在與暗衛廝殺的那人也是布衣。這群伏兵不顯身分，但楊鐸捷也不是傻子，稍加判斷便知不是燕國人就是端王的死士。

端王想放任燕國人殺了夏侯澹和太后。

那僅存的暗衛身手不錯，被偷襲受傷後，愣是咬牙幹掉了那個伏兵，這才倒地不起。

楊鐸捷呼吸急促。他能看出那兩人交戰期間沒有別的伏兵來援，說明那個方向的伏兵暫時被清空了，包圍圈出現一個豁口。

那麼，自己此時……

這個念頭甚至沒有完全成形，他的身體已經自作主張地衝出了藏身地。

楊鐸捷只覺得自己這輩子都未曾如此狂奔過。他一頭鑽進山林，越過地上橫斜的屍體，向下、向下，甩開枝葉，甩開砸下的雨水——

山形變得陡峭，他每一步都在打滑，逐漸無路可走。

「在那！」身後有人呼喝。

端王那王八蛋到底布置了多少人？

楊鐸捷腳一崴，摔了個狗啃泥，雙手深陷在泥濘裡，怎麼也爬不起來。他掙扎著回頭，身後的樹上有人正在彎弓搭箭。

楊鐸捷不再試圖爬起，直接順著陡坡翻滾而下。

一陣天旋地轉，他彷彿一段折斷的樹枝，被泥水一路沖下，越來越快，直到撞上一棵倒伏的巨木才終於停下。

渾身劇痛，他弄不清自己斷了幾根骨頭。衣服早已磨破，皮肉流血。楊鐸捷喘息片刻，撐著巨木站起身，繼續向下。

從樹木的縫隙間，他終於望見山腳。

楊鐸捷尚未來得及熱淚盈眶，背上的汗毛忽然豎起。頭頂某處，再度傳來了弓弦繃緊聲。

這一剎那被無限延長，死去暗衛的聲音迴響在耳際：「莫辜負了陛下一番好意……」

楊鐸捷目眥盡裂。

他命不該絕，命不該絕！

他用盡全身的力氣朝一旁撲去——

破空聲。

重物落地聲。

楊鐸捷撐起身子，檢查一下自己完好的四肢，又轉頭看去。剛才張弓的伏兵落在地上，身上插了一支飛鏢。

「楊大人？」有女聲喚他。

一個農婦與幾個莊稼漢子模樣的男人朝他跑來。那農婦開口時，楊鐸捷震驚地聽出了庾晚音的聲音：「妳怎麼了？」

「庾妃娘娘！」楊鐸捷顧不上其他，大喊一聲，「樹林裡可能還有人！」

庾晚音猛然止住腳步，抬頭望去。

雨幕之中，林木之間，無論如何都辨認不出人影。

忽然刀光一閃，不是從樹上，而是從樹後！

這一刀轉瞬間已至眼前——

楊鐸捷聽到庾晚音深吸一口氣。

千鈞一髮之際，楊鐸捷耳邊一聲炸響，差點將他炸聾。

這一聲跟剛才享殿方向的那一聲出奇地相似。

楊鐸捷捂著耳朵驚慌失措。庾晚音自己倒退兩步，跌坐在地。樹後冒出的伏兵身上多了一個血洞，卻還未死，舉刀執著地砍向她。

又是一響。

這回楊鐸捷看清了，庾晚音手中舉著一個古怪的東西，正對著那人的腦門。

那人的腦漿和血液一併濺到身後的樹上，紅紅白白的一灘。他晃了晃，才跌倒在地，那把刀滾了幾滾，碰到庾晚音的腳。

庾晚音上次殺人的時候，是假借淑妃之手，沒有親眼見到小眉的屍體。當時她吐了一場。如今真人的屍體就在眼前，她卻沒有再次反胃，只覺得虛幻。

眼前的場景如夢境一般浮動，就連那個死去的傢伙，看上去也像是道具假人。

說到底，這整個世界不都是假的嗎？

「娘娘！」暗衛的聲音喚回她的意識，「娘娘可有受傷？」

庾晚音的胃後知後覺一陣抽疼，她咬牙忍住了。不對，就算是在這個世界，還有一個人是真的。

她轉向楊鐸捷，疾聲道：「說說情況。」

楊鐸捷儘量簡短地彙報了。

庾晚音的頭腦飛速轉動。她望向身後跟來的四個暗衛，點了其中兩個，「你們兩個，揹著楊大人去求援。」

暗衛道：「是！」

「楊大人，」庾晚音拍了拍他，「大夏的未來就寄託在你這張嘴上了。」

楊鐸捷走了。

剩下兩名暗衛面露遲疑，「娘娘……」

庾晚音臉色慘白，緊緊握住那把槍，「我沒事，我們趕緊上山。」

她亂成一團的腦子裡，忽然生出一個最不合時宜的念頭：昨晚在迴廊燈火下，自己為什麼不親上去呢？

暗衛腳程極快，負著楊鐸捷一路狂奔，接近城門。

楊鐸捷身上血跡斑斑，守城的禁軍急忙攔住人。

楊鐸捷啞著嗓子喝道：「趙統領何在？帶我見趙統領！」

趙五成早有吩咐，有什麼風吹草動都得彙報。守城的不敢怠慢，著人將他請了過來。

趙五成一見楊鐸捷這模樣，心先放下了大半：看來端王快成功了。

楊鐸捷還在疾呼救駕，趙五成打斷他：「你是何人？」

「我……」楊鐸捷自報家門。

趙五成摸了摸鬍子，「你這般德行，帶了幾個莊稼漢，就敢自稱欽天監的人，還妄想調動禁軍？」

楊鐸捷氣得發抖，伸手在身上一通亂掏，所有能證明身分的物件都在方才那一陣亂滾間掉落了。

趙五成道：「來人，將他關押受審。」

楊鐸捷渾身的血液冷了下去。

他固然可以想辦法自證，但等他這一番折騰完，鄁山上還能剩下活人嗎？

暴雨之中，北舟和圖爾已經過了數百招，誰也脫不開身。

論武功，北舟遠勝只剩左手能動的圖爾。但圖爾心存死志，一招招都是兩敗俱傷的路數，彷彿要與北舟就地同歸於盡。北舟卻還心繫著享殿中的夏侯澹，一時之間竟被壓制住了。

享殿裡。

無論是入侵者還是護衛，幾乎全躺在地上，有死有傷，動彈不得。

整個大殿裡站著的，只剩三個燕國人。

他們都是圖爾手下的精英，闖過無數的血與火才走到此處，而且越戰越勇，到這最後關頭也絲毫不鬆懈。他們將死去侍衛的殘屍拎在胸前當作肉盾，擺出陣形，亦步亦趨地逼近最後的目標。

夏侯澹坐在享殿深處的地上，胸前冒著血，一隻手舉著槍，對著他們來回移動，似是在尋找破綻。

只有他自己心中清楚，這不過是虛張聲勢。槍膛裡已經不存在任何彈藥了。

對方還在緩緩逼近。

今日是真的回不去了吧。

夏侯澹回頭看了半死不活的太后一眼，只覺得萬分遺憾。早知道活不過今天，剛才就不應該浪費那顆子彈打她的腿，而該直接拖她為自己陪葬。

他還有很多的遺憾。

沒有看到端王跪在自己身前。沒有看到兩國止戰，燕黍豐收。沒有完成對岑堇天和更多臣子的承諾，讓他們看見河清海晏、時和歲豐。

無數遺憾如浮光掠影一般遠去，留在腦中最鮮明的畫面，竟是冷宮中冒著熱氣、咕嘟作響的小火鍋。

如果還能見到她……

三聲爆響。

擋在眼前的三人一個接一個地倒了下去，露出身後洞開的大門。

漆黑的雨幕中，一道人影逐漸浮現，一步一步踏上支離破碎的享殿。

她臉上的偽裝已被雨水沖刷乾淨，濕淋淋的長髮貼在蒼白的臉上，眼中開槍殺人時的冷意還未及消散。

她沒有等他回去。

她來找他了，就像很久很久之前的那夜一般。

那一天，安賢突然對他道：「今日要來侍寢的那個庾嬪有些異樣，妝容打扮都與往常迥異……」

他不明所以，「什麼意思？」

安賢錯愕道：「陛下吩咐過奴婢，來侍寢的妃嬪若是有與往昔不同之處，都要稟報陛下的。」

他這才想起來，那是很久以前的指令了。當時他還沒有放棄尋找那個穿來的同類。這麼多年，他自己竟然都快要忘記了。

無論如何，他還是走了一遍流程。感覺到那個女人跪到床前，他便開口道：「滾吧。」

接著又表現得像個剛穿來的人，問侍衛：「她不留下侍寢就得死嗎？」

如果對方是穿越者，聽到此處就該有所反應了。

他揮退了侍衛。隔著一層床幔，那女人遲遲沒有動靜。

夏侯澹自嘲地笑了笑。

就在那時，一隻白皙的小手撩開了床幔。

對方果然打扮得美豔無雙，卻長著一雙十分乾淨的眼睛。

他已經不敢相信任何乾淨的東西了，但是他也不想輕易地抹殺這雙眼睛，便淡淡地讓對方打個地鋪，湊合一晚。

寂靜片刻，他聽見一道顫抖的聲音：「How are you?」

夏侯澹對她笑了笑：「妳來了。」

庾晚音跪倒在他身前，雙手發抖，撕開一塊衣角包紮他胸前的傷口，「沒事沒事，小傷而已，止住血就好了……」

「晚音，」夏侯澹望著她，「我有事對妳坦白。」

他的嘴唇都發白了，這話聽起來就像臨終遺言的開場白，庾晚音的眼眶立即紅了，「不許說！給我憋著，活著回去再說！」

夏侯澹笑了：「怕我說完就死嗎？」

「閉嘴！」

「放心吧。」他說：「在妳答應之前，我都不會死。我還沒有實現妳的夢想呢……」

尾音戛然而止。

庾晚音勸不住他，就用另一種方式堵住他的嘴。

夏侯澹不記得自己的感官是從何時開始麻木的。或許是穿來的第一天，或許是殺人的那一天，又或許是在日復一日的頭疼之後，身體開啟了自我保護機制。

但在此刻，他被這個莫名的世界再一次分娩。

雨聲震耳欲聾，像是有人掀開一層隔音的幕布。

體內所有疼痛清晰了千倍百倍，每一寸神經都在叫囂著燃燒。

她的嘴唇彷彿由熔岩鑄成。濃烈的鐵鏽味從喉頭泛開，捲入糾纏的唇舌，不知是誰渡給誰一口血。

這具身體反射性地退縮，像要躲開火焰。夏侯澹卻繃緊了肌肉，反而探身向前，抬手扣住她的後頸。

暴雨砸碎三千微塵，大地上有人在死亡，有人在接吻。

直到庾晚音喘不過氣，小幅度地掙扎一下。

夏侯澹鬆手放開她，笑道：「甜的。」

庾晚音：「……」

你還挺會的啊？

她魔怔了般湊上去，還想再戰。

北舟道：「打擾一下。」

北舟嘴角帶血，受了點內傷。

庚晚音帶上來的兩個暗衛在關鍵時刻出了一把力，與他一同制服了圖爾。北舟拖著被五花大綁的圖爾，站在一旁耐心地看他們難捨難分，也不知等了多久才禮貌打斷。

那兩個暗衛正在檢查殿中的傷亡。有幾個侍衛還未死，被他們扶起來療傷。他們還找到兩個沒斷氣的燕國人，一併綁了起來，丟在圖爾旁邊。

庚晚音猛然回神，尷尬轉身。北舟瞧見夏侯澹胸口的傷，臉色一變，「澹兒！」

夏侯澹穿著玄色龍袍，血跡不顯，但庚晚音幫他包紮的布料已經被完全染紅了。

夏侯澹低頭看了一眼，「沒事。」

北舟面色陰沉，一手懸於圖爾的天靈蓋上，「此人不用留吧？」

圖爾沒想到這占盡天時地利的行動竟會以落敗告終，此時整個人頹唐了下去，只有那雙深陷的眼睛還死死盯著夏侯澹，眼中燃著兩團鬼火。

他啐了一口道：「果然，夏國人只有陰損的武器和不男不女的怪物。」

北舟極力抑制著一掌拍下的衝動，「澹兒，殺嗎？」

「殺了他！」角落裡忽然響起尖厲的女聲。

庚晚音嚇了一跳，這才瞧見坐在地上形容狼狽的太后。

太后道：「留他做什麼，等他與端王裡應外合嗎？」

夏侯澹驚訝道：「差點忘了妳還活著。」

太后：「……」

夏侯澹在這場行刺開始前就徹底和她撕破臉了，此時也不打算再黏回去。他看都不看太后一眼，盯著圖爾陷入短暫的思索。

庾晚音被這麼一打岔，思緒倒是回到正軌。端王的人還在林中虎視眈眈，瞧不見享殿裡的情況，暫時不會直接攻來。但再過片刻，此間還沒有動靜，他們就該來查探情況了。

一旦發現夏侯澹沒死，他們會做何反應呢？到了這一步，會不會一不做，二不休，乾脆代行弒君之事，再栽贓到燕國人頭上？

北舟顯然也想到了這一節，朝外頭望了一眼，「此時正面對抗，我沒有勝算。」

庾晚音戒備地看看太后，壓低聲音道：「楊鐸捷去調禁軍了。」

夏侯澹道：「禁軍不一定調得動。」

庾晚音道：「我相信他的嘴。」

夏侯澹笑了，「那我們就等。」

圖爾突然笑了一聲，「不用白費力氣。」

他盯著夏侯澹的胸口，眼中流露出惡意的喜悅，「你很快就會死。我們在武器上抹了羌國的毒，你的傷口不會癒合，你的血會一直流、一直流，直到流乾。」

庾晚音愀然變色。

北舟攥住他的領口，「解藥呢？」

圖爾放聲大笑。

他知道死到臨頭，只想用他們的痛苦為自己餞行，「就跟那個汪昭一樣！你們這樣看著我做什麼？他當然死了，跟真正的使臣團一道被我們截殺在半路，哈哈哈，死得拖泥帶水的，咽氣之前趴在地上，還伸直了脖子對著夏國的方向張望呢！」

庾晚音渾身發抖。

一隻冰冷的手握住她的手腕。

夏侯澹借力站起身，順帶著從地上撿了把劍，微微搖晃著走向圖爾，一步一個血腳印。

他卻越過了圖爾，朝著旁邊那個燕人舉劍。

燕人慘叫一聲。

又一聲。

夏侯澹機械地舉劍又捅下，次次避過要害，那燕人的腸子都流了出來，叫得像是殺豬一般。

庾晚音捂住嘴別開頭。

幾滴熱血濺到圖爾臉上。他瞳孔收縮，猛烈掙扎起來，「夏侯澹！你還是一國之君嗎？放過他們，有種衝著我來啊！」

夏侯澹的劍卡到對方肋間，拔不出來。他俯身又撿了一把，換了另一個燕人，接著幹體力活。

圖爾無能狂怒，罵得語無倫次。

夏侯澹又一次舉起劍，卻沒能落下去。庾晚音從背後抱住他，聲音打著顫：「別動了，你不能再流血了……」

夏侯澹頓了頓。就在這一頓之間，北舟出手如電，給了那兩人一個痛快。

夏侯澹喘了口氣，鬆開五指，長劍「噹啷」一聲掉落在地。

他站立不穩，整個人往下滑，卻又不想倒在圖爾面前。庾晚音感覺到了，努力撐住他的身體，對暗衛使了個眼色。

暗衛從堂上搬來一把椅子，扶著夏侯澹坐下。庾晚音放開他時，發現雙手沾滿了暗色的血。

她咬緊後槽牙，將手背到身後擦了擦。

夏侯澹垂眸看著雙目通紅的圖爾，心平氣和地開口：「汪昭出使是個祕密，連父母也不知真相。朕告訴他此行凶險，他若是不願，可以不去。」

圖爾沒想到他發完瘋，一轉頭卻開始說這些，莫名其妙地瞪著他。

「他說和談乃國之大計，不可不往。如有不測，請朕著人告於他家中二老，替他立個衣冠塚，使他生魂得歸故里。」夏侯澹望著圖爾，「朕要讓他死得其所，告慰其在天之靈。」

圖爾：？

夏侯澹說了句他做夢也沒想到的話：「現在，我們和談。」

除了庾晚音，所有活著的人都懷疑自己耳朵出了問題。

滿室沉默是被太后的罵聲打碎的。女人的理智瀕臨崩潰，她拖著傷腿朝他們爬來，似乎打算親手代勞，殺了圖爾。

夏侯澹只對暗衛簡短道：「照顧好太后。」

太后被照顧了。

夏侯澹道：「晚音，把槍給北叔，讓他盯著大門外。」

庾晚音擔憂地望了他一眼，夏侯澹回以一個安撫的笑：他知道自己在做什麼。

圖爾道：「你在說什麼鬼話？你是必死之人，我是亡命之徒，我們談個鬼？」

夏侯澹很平靜，「確實。你就當是人之將死，隨便說說夢話吧。明日此時，朕的好皇兄和你的好叔叔，都該舉杯慶祝了。」

不知不覺，都城裡的街巷阡陌已經空無一人，猶如被大雨洗成了鬼城。活在天子腳下的百姓，對變故有著野獸般的嗅覺，全都閉緊門窗躲進家中。

楊鐸捷晃了晃手上的鐐銬，「老哥，哪裡人啊？」

坐在他面前的副統領嗑著瓜子，不理不睬。

這人是趙五成提拔上來的。趙五成命他將楊鐸捷關押受審，他卻明白，此人只需關押，根本不用審。拖著拖著，把山上的皇帝拖死就完事了。

楊鐸捷笑道：「老哥，相逢即是有緣，左右無事，兄弟講個故事如何？」

副統領吐了瓜子殼，轉頭去看窗外的雨。

楊鐸捷也不管他在不在聽，「話說當初曹操征袁術，遇上大旱，軍中缺糧。糧官問曹操，大夥兒沒飯吃了可怎生是好？曹操便道：『你將大斛換作小斛，發給他們。』糧官又問了，那將士們心生怨懟，又該如何？曹操說：『沒關係，自有良策。』」

嗑瓜子的動作慢了下去。

楊鐸捷故作不覺，「口糧一減，將士們果然暴怒。曹操對糧官道：『得找你借一樣東西穩定軍心——你的項上人頭。』糧官大驚喊冤，曹操倒也很委屈：『知道你無罪，可若不殺你，難道殺我嗎？』」

窗外電光一閃，一道炸雷恰在此時落在他們頭上，如天柱摧折，壓頂而來。

副統領：「……」

副統領冷笑一聲：「彎彎繞繞的到底想說什麼？」

楊鐸捷嘖嘖搖頭，「老哥，你就是吃虧在書讀少了呀。趙五成明明可以只讓你看著我，為何非要當眾命你『審』我？」

副統領一愣。

楊鐸捷道：「救駕不力，總得有顆人頭落地吧？即使皇帝駕崩了，端王為了擺姿態，也會來問這個罪。趙五成是端王的狗，他是不會有事的，有事的便只能是……審訊不出結果，耽誤出兵的那個人。」

他老神在在：「趙五成下令的那一刻，老哥你的項上人頭，便已經出借了。」

副統領哈哈大笑，「挑撥離間得如此明顯，真當我會上當？」

楊鐸捷聳聳肩，「不信便罷了，人各有命。」

副統領道：「那便閉嘴！」

楊鐸捷果然閉上了嘴，再也不說一個字。

副統領嗑完半盤瓜子，朝他瞟了又瞟，終於忍不住問：「若真如你所言，我如何應對？」

楊鐸捷牢牢閉著嘴。

副統領猛一拍桌，「說話啊！」

楊鐸捷哂笑，「天下竟有如此不守禮法之人，求人指點還不躬身討教……」

副統領「唰」地拔出刀架到他脖子上，「我還能更不守禮，你說不說？」

「說的說的。」楊鐸捷縮了縮脖子，「聽說趙五成並不實際管事，平時的雜項事宜，是誰在幫他打理？老哥弄得到兵符嗎？」

享殿。

圖爾道：「什麼意思？和談失敗，紮糴瓦罕為何會慶祝？」

夏侯澹笑了，「你真的不明白嗎？你到此時還以為燕王被蒙在鼓裡，不知道你要來行刺嗎？」

「我們留了障眼——」

「那老狐狸坐了幾十年王位，能被你一點障眼法騙這麼久？」

圖爾被噎住了。

他想起羌國女王「恰巧」留下的香囊，又想起自己一路出逃時，出奇鬆散的防衛。

夏侯澹道：「連年戰亂，民生凋敝，燕國人士氣低落，節節敗退。你沒有察覺，紮糴瓦罕卻發現了，是百姓不想打了。他痛恨夏國，出使和談只是權宜之計。他需要時間休養生息，也需要一個新的契機，煽動起民眾的戰意。」

他的語聲中帶著淡淡的嘲弄：「你說巧不巧，上一回這個契機是珊依，這一回就輪到你了。」

這句話精準點燃了火藥桶。

圖爾渾身都在蓄力，「你——怎麼敢——提她？」

「有何不敢？她要殺朕，朕難道要站著任她殺不成？」

「放屁！」圖爾怒吼一聲，周身筋肉暴起，竟然掙斷了繩索，朝夏侯澹撲來。奈何身負重傷，半途被暗衛按下了。他被壓在地上不斷掙扎，「到現在還在信口雌黃，所謂行刺都是你們的謊言！」

夏侯澹微微挑眉，「她行刺的那把匕首很精巧，柄上還雕著鹿和花。」

圖爾的掙扎驟停。

庾晚音詫異地半張開嘴。

這種塵封多年的宮闈祕聞的細節，夏侯澹是怎麼知道的？原文裡寫到過嗎？他不是沒仔細看過文嗎？

然而圖爾的反應已經充分說明，這細節是真的。

夏侯澹道：「珊依一個弱小少女，應當不會無緣無故行刺吧？你說，是誰下的令呢？下令之人又是怎麼讓她聽話的，威逼利誘，還是拿她珍愛之人相要脅？」

他任由沉默持續了一下，才望著圖爾的後腦勺，憐憫道：「真是可悲，身為傀儡卻不自知，救不了心愛的女人，連真正的仇人都找不到。你以為你是瞞天過海來行刺的？不，你是被燕王送來的，就像珊依一樣。你們死在大夏宮中，遠比死在他手上有價值。消息傳回燕國，他又可以老淚縱橫，高喊讓夏國血債血償了。」

「……」

圖爾嘶啞地笑了，「你說我是傀儡？」他用血色的眼睛盯著夏侯澹，「你自己不是嗎？」

「朕當然是。」夏侯澹眼都不眨，「朕年少時也以為放手一搏，就可以擺脫他們的控制。後來才慢慢發現，自己下的每一個決定，做的每一次反抗，都如了他們的意。朕是他們的牽絲傀儡，是他們手中殺人的刀……」

他瞥了太后一眼。

太后瑟瑟發抖。

夏侯澹收回目光，「其實我們兩個很像，但朕不甘心，不甘心裝作一無所覺，不甘心渾渾噩噩地迎接宿命，還要自欺欺人，美其名曰別無選擇——你甘心嗎？」

這些臺詞……

像是每個字都被和血嚼碎了，再連牙吐出來，庾晚音想。

圖爾聽在耳中，更是如驚濤駭浪一般。

自欺欺人。

他不禁自問：我真的一無所覺嗎？

多年以前，當叔父大言不慚地說出「她的身分最合適」時，自己是如何回答的？

多年之後，那香囊、那防衛、那種種異狀，自己是不曾看見，還是刻意忽略了？搞這一齣同歸於盡，便可自認大仇已報，含笑九泉——卻至死也不敢回頭看一眼。

原來如此，他恍然間想。

原來我這燕國第一勇士，是畏懼著紮欏瓦罕的。

夏侯澹忽然話鋒一轉：「可惜啊，可惜朕快死了。否則倒是可以派人助你一臂之力，殺了紮羅瓦罕呢。現在嘛，你犯下弒君之罪，怕是連活著走出大夏都無法可想了。」

圖爾：「……」

庚晚音彷彿能聽見他大腦中齒輪瘋狂轉動的聲音。

半晌，他含恨道：「我真的沒有解藥。羌國那女人只給了毒。你能讓太醫想想辦法嗎？」

夏侯澹：「……」

夏侯澹道：「那你就努力為朕祈福吧。」

門邊的北舟突然跪地，將臉貼在地上聆聽，「有大隊人馬在上山，應該是禁軍。」

眾人尚不及鬆一口氣，他又飛快起身朝外放了一槍。

「林中埋伏的人奔來了。」他語速飛快，「先逃，撐到禁軍過來就行。」

逃，又能逃去哪裡？

庚晚音猛地回頭看向後門，當機立斷：「進地宮！」

從享殿後門望出去，尚未封土的地宮入口就在百尺之外。

北舟又放了兩槍，眼見著林中冒出的黑影不斷擁來，援軍還不見蹤影，槍中彈藥卻所剩無幾，當下低喝道：「走。」

了。

北舟揹起夏侯澹，兩個暗衛一人負起太后，一人拖著圖爾，帶著幾個傷患出了後門。

四面八方都有人追來，端王安排的埋伏見任務即將失敗，索性破罐破摔，全員出動了。

雨水瓢潑，庚晚音全速衝刺。

墓道還在修建，入口處沒有鋪地磚，泥地已經化作了水窪。一步踩進水裡，整隻腳深深陷入爛泥，只能再奮力拔出來。

跑得最快的追兵已經將他們拉進射程，五花八門的暗器投來，落在後頭的傷患幾聲慘叫，當了肉盾。

北舟負著一人還是一馬當先，整個人幾乎是飄過水面，踏上墓道石階，頭也不回地奔了下去。庚晚音蹚著水緊隨其後，身後又是一聲撕心裂肺的慘呼，太后也中招了。

她在下班路上熟讀盜墓小說，知道為防盜墓賊，所有地宮裡都有個地方設有石門，門後還有卡死機關，從外面一時半刻絕無辦法打開。但一旦進去，也就再無退路，石門一破就只能任人甕中捉鼈。

情勢不由人，她三級三級地往下跨，口中指揮道：「主墓室！」

視野一暗，眾人終於進了地宮。

北舟運足目力，在黑暗中直奔最大的墓室，回身一腳踹向頂門石。

頂門石緩緩傾倒，像是宏觀版多米諾骨牌，推動著巨大的石門逐漸闔上。

餘人紛紛搶入，從越縮越窄的門縫間擠了進去。大門轟然關死，頂門石歸入凹槽，與石門和地面形成三角。

最後一縷光線消失，墓室內陷入一片漆黑。

緊接著，外頭傳來砸門聲。

庚晚音屏息聆聽了一下，厚重的石門巋然不動。她彷彿一下子被抽空了力氣，就近貼著牆坐下了。

室內伸手不見五指，一時間只能聽見太后的呻吟聲。

一群各懷鬼胎的陰謀家，在黑暗與墳墓裡相依為命。

第十六章　和談書

庚晚音後知後覺地發現肩上劇痛。她抬手一摸，摸到暗器劃出的傷口。她吸了一口涼氣。

夏侯澹問：「妳受傷了？」

他的聲音很近，似乎就坐在旁邊。庚晚音試著伸手摸索，摸到他的手，輕輕握住。

她不想讓他在這時分神擔心自己，語氣輕鬆：「沒有。」

夏侯澹的五指很涼，順著她的手腕一路向上摸，最終停在那個傷口邊緣。

「圖爾，」他低聲問，「伏兵的暗器上也抹了毒嗎？」

圖爾：？

圖爾道：「你是不是誤解了？我根本不知道伏兵是誰派的。難道是你說的那個皇兄？」

夏侯澹：「……」

這個人回去之後，真能成功翻盤弄死燕王嗎？

角落裡傳來暗衛的聲音：「回陛下，屬下也中了暗器輕傷，沒感覺到有毒。」他還以為夏侯澹在關心太后，雖然略感蹊蹺，還是盡責彙報道：「但太后傷勢有些重，需要儘早包紮。」

夏侯澹不接話了。

砸門聲還在狂響，石門卻只是微微震顫，毫無移位的動靜。

庾晚音心下略鬆，貼著夏侯澹耳語道：「三角形的穩定性。」

夏侯澹在這種關頭居然笑了出來，「古人的智慧結晶。」

他們十指緊扣，靜靜聽著外面的聲響。

又過片刻，砸門聲突然一弱，接著傳來兵刃相接的銳響。

禁軍終於來了。

來人在數量上呈壓倒性優勢，端王的人被困在地宮裡逃無可逃，負隅頑抗片刻，打鬥聲弱了下去。

有人對著石門呼道：「陛下？太后娘娘？」

北舟氣沉丹田，將聲音送出去：「都在裡面。」

那人喜道：「請陛下稍候，我等去尋工具來將門搥碎！」

黑暗裡，太后忽然帶著泣音叫罵了一聲，緊接著北舟冷冷道：「老實點。」

庾晚音問：「怎麼了？」

北舟道：「這女人想偷襲澹兒，被我拿住了。」

庾晚音目瞪口呆。能與端王鬥上這麼多年的，果然是狠角色，都山窮水盡到這一步了，還沒忘了「初心」。

太后剛才在享殿裡聽到夏侯澹嘴炮[1]圖爾的全過程，才恍然意識到，這場和談從一開

1　嘴炮：網路流行語，用講道理的方式說服他人。

始就是由夏侯澹暗中主導的。

皇帝在她眼皮子底下朝燕國派出使者，而她甚至不知道他們口中的汪昭是誰——她疑心就連端王也不知道。

重傷之下，尚能鎮定自若，生生憑一張嘴將敵軍策反。他要送圖爾回去與燕王鬥，這是打算挑起燕國內亂，無形中消弭大夏的戰禍啊！

這傢伙到底扮豬吃老虎多久了？

這些年裡，他悄然做了多少布置？

此時夏侯澹在太后心中已經超越了端王，成了頭號危險人物。若是沒有今日的變故，再過不久，他就該翻天了吧？

雖然他已經中毒，但誰又能保證他下山後找不到解藥？他不死，死的就該是自己了！然而夏侯澹也不知道是不是突然糊塗了，居然忘了殺她，還將她一併救了進來。

太后在黑暗中默默發抖，不是因為恐懼，而是因為緊張。

這是蒼天賦予她最後的機會了——殺了夏侯澹，栽贓給圖爾，再藉開戰之機送走端王！

她裝死蟄伏到現在，終於等到北舟與外頭喊話，注意力不在此間，立即朝夏侯澹爬了過去。

沒想到蒼天的垂憐如此廉價，剛爬出一步，她就被北舟踩在地上。

外頭陷入一片忙亂，那領頭的似乎在指揮人手去各處找工具。

太后道：「大膽！你——你是哪裡的奴才——」

北舟牢牢踩著她的背心，問出今天的第二遍：「澹兒，殺嗎？」

他語氣隨意，無論是敵國王子，還是當朝太后，只要夏侯澹一句話，他都能當作螻蟻一腳踩碎。

夏侯澹沉默了一下。

庾晚音不知道在這沉默中，他思索了什麼。等他開口，就是一句：「今日之事，是有刁民作亂。」

眾人：？

夏侯澹意味深長地輕聲道：「幸好，你們這些侍衛拚死護住了朕。至於使臣團，從頭到尾都在都城內，準備著和談事宜。」

伴著門外落下的第一鎚，他開始一句句地安排：「圖爾沾些泥水抹在臉上，等等記得低頭。暗衛，脫下外衣讓晚音罩上。晚音，把頭髮束起來，臉也抹花。」

眾人心領神會，摸黑照辦。

夏侯澹的聲音越發虛弱：「圖爾，你那裡還有毒藥嗎？有沒有三五日內死不了人的那種？」

圖爾沒明白他為何有此一問，遲疑道：「這不好說，毒不是我煉的，我也只是拿雞試過藥。」他伸手入襟掏了兩下，摸出一顆藥丸嗅了嗅，「這一顆應該不致死吧，雞吃下去倒是當場癱了。」

夏侯澹道：「北叔，餵太后服下。」

太后：！！！

搥石聲不斷，還伴著隱隱裂響。

太后語聲急促：「皇帝，澹兒，你今日……你今日智勇雙全，化干戈為玉帛，母后心中十分感念……母后這些年所作所為也都是怕你肩上擔子太重，想為你分憂啊……等一下！」她徒然偏頭躲避北舟塞來的藥丸，「別忘了你已中毒！你我若是都死了，笑到最後的就是夏侯泊，你不恨他嗎？」

夏侯澹親切道：「不勞母后掛念，兒臣不會死的。」

北舟徒手撬開太后的嘴，在她殺雞般的尖叫聲中將藥丸塞了進去。

夏侯澹道：「母后大概忘了，拜妳與端王所賜，兒臣這些年中過多少毒，又服過多少藥吧。尋常的毒藥，對兒臣可沒那麼管用了。」

北舟卡著她的脖子，將她整個人提起來抖了抖。

藥丸入腹了。

夏侯澹道：「母后且安心吧，兒臣會全鬚全尾地活到和談成功，活到端王落敗，活到天下太平。到時候，妳抱著孫兒在地府業火裡炙烤之餘，別忘了為兒臣歡喜啊。」

太后的呻吟聲和求饒聲逐漸低弱，最後只剩「呵呵」喘氣聲。

寂靜中，夏侯澹突兀地笑了起來。

他笑得上氣不接下氣，「諸位記得我們在哪嗎？」

沒人敢答，他便自問自答：「在我為她修的墳裡。」

一聲巨響，石門終於被搥出一個洞。又是幾下，它四分五裂，崩落下去，濺起一地泥水。

禁軍副統領跪地道：「臣救駕來遲，請陛下恕罪！」

他低著腦袋，聽見皇帝驚慌失措的聲音：「別管朕，先救母后。」

副統領一愣，舉高燈燭朝墓室內望去，只見太后躺在地上不斷抽搐，口眼歪斜，竟是中風的模樣。

當下禁軍將滿室傷患抬下山，護衛著聖駕回城。

回宮的路上，雨勢漸收，雲層散開後，眾人才驚覺已是傍晚。天際夕光如熊熊烈火，要將殘雲焚為飛灰。

馬車入宮，太后先被扛了進去。

副統領又要去扶夏侯澹下車，皇帝卻置之不理，由變回嬷嬷身形的北舟攙著走了下來。

他不動聲色地將大半體重交給北舟支撐，淡定地問：「趙五成呢？」

副統領囁嚅著不敢答。

夏侯澹不耐煩道：「說實話。」

副統領道：「趙統領他……不見了。」

早些時候，副統領被楊鐸捷慫恿著支開了趙五成，偷取了兵符，假傳軍令，帶著所有肯聽命於自己的人去救駕了。

返程之前，他還擔心趙五成會帶著剩下的兵馬來攔路，一不做，二不休，行了弒君之實。他特地著人先行查探了一番，卻發現趙五成一見風頭不對就消失不見了。趙五成膽小如鼠，見事情敗露，多半是收拾細軟跑路了。

夏侯澹嗤笑一聲，「從現在開始，你就是禁軍統領。」

副統領心頭狂喜。

夏侯澹道：「傳朕旨意，刁民作亂，全城戒嚴。禁軍護駕不力，趙五成瀆職逃竄，捉住他斬立決。」

副統領慷慨激昂道：「臣遵旨！」

他領命而去，慶幸著自己最後時刻押對了寶，沒有留意到夏侯澹回身進宮的步履有些遲緩。

夏侯澹強撐著走進寢殿，大門一關，原地倒了下去。

「澹兒！」北舟驚呼。

作為侍衛跟在後頭的庾晚音衝過去，幫著一道扶住他，沾了滿手的血。

同樣跟在後頭的圖爾道：「……快叫太醫啊！」

夏侯澹對他翻了個白眼，又望向庾晚音。

他有好多事要交代她。

比如，他並不像嘴上說的那樣，自信一定能挺過這一劫。之所以放倒太后，是因為如果自己死了，最後贏家必然出在太后和端王之間，而這兩人中太后主戰，端王主和。

他並不想將勝利拱手讓給端王，但除去太后，至少可以保住和談的成果。

比如，沒有當場殺了太后，是為了留著迷惑端王，讓他在局勢不明的情況下不敢貿然造反。倘若自己未死，此舉就能爭取到寶貴的恢復時間。

比如，此時風雲突變，端王必然虎視眈眈地盯著宮中。但她不必害怕，她也不能害怕。自己倒了，她就是唯一的定海神針。

好多話。

可他沒有力氣了。

他只能勉強說出一句：「別怕……」

庾晚音點點頭，「你也別怕，我可以的。」

夏侯澹放心地暈了過去。

北舟將夏侯澹抱去床上。庾晚音回身面對著圍過來的宮人。

精心培養過的暗衛已經所剩無幾，大半交待在邶山上。餘下的還在接受北舟的訓練，此時突然從替補變成了首發，一個個神情比她還緊張。

是啊，庾晚音想，不知不覺，她已經不再惶恐了。

如果現在回到原本的世界，她大概能晉升總裁了吧？

她沉聲開口：「以陛下的名義傳令出去，太后有疾，今夜宮中宵禁，不得出入。去請太醫……多找些太醫去太后那邊，這裡只請一個。」他們得防著端王的眼線。

眾人領命而去。

庾晚音望向床上的夏侯澹。他的臉上不剩一絲血色，瞧著灰敗若死。按照這種書裡的套路，太醫是幫不上什麼忙的。

她來回踱了兩圈，「北叔，阿白呢？阿白到底在哪裡？他不是在外面幫陛下找藥嗎？」

北舟無奈搖頭，當初阿白什麼也沒透露給他，夏侯澹也沒提過。

庾晚音深吸一口氣，「我想起一個人……不好，我把她忘了。」

她招來暗衛：「快去請謝妃。若是有危險，救她。若是無事，問問她在太醫院中是否認識一個天才學徒，一併帶過來。」

謝永兒來得很快。

謝永兒早上給庾晚音報完信，就飛快躲進自己宮裡，稱病不敢見任何人。怕庾晚音領會不到意思，又怕她領會到了反應太大，引得端王警惕。端王今日的注意力應該都放在山上，但誰又敢保證他沒有留個後手收拾自己呢？

夜幕降臨時，謝永兒終於等到暗衛來帶她去面聖。

走進寢殿，她如釋重負，「你們可算想到我了！我這一整天連宮人送來的食物和水都不敢碰，生怕夏侯泊殺了我……」

庾晚音倒了杯茶遞過去，「辛苦了，這段時間妳就住在這吧，別再出去了。」

謝永兒渴得不行，端起來就想喝，又疑神疑鬼地停住了，「妳怎麼這副鬼樣子？皇帝還活著嗎？不會是任務失敗，你們想拉我陪葬吧？」

庾晚音：「……」

她將謝永兒帶進內室。

宮人已經脫去夏侯澹染血的龍袍，為他大致清理一下傷口。謝永兒看見他胸口那還在不斷滲血的口子，呼吸都嚇停了，「怎麼搞的？」

庾晚音疲憊地坐到床沿，將事情壓縮在半分鐘以內總結了。

謝永兒原地凝固。

半晌，她的思緒緩緩流動，「……槍。」

庾晚音點頭。

謝永兒道：「厲害。」

庾晚音道：「謝謝。」

謝永兒人都麻了，心想：事到如今，無論如何都要抱緊這對狗男女的大腿，絕對不能站到他們的對立面。

放在三天以前，她都想像不到自己竟會為他們絞盡腦汁獻策，「傷口消毒——」

「用酒精消過了。」

「能輸血嗎？」

「不知道血型啊。」

謝永兒道：「我是O型，萬能輸血者！」

庾晚音道：「妳是說妳穿來之前是O型吧？」

謝永兒沉默了。

庾晚音道：「只能用古人的方式了，現在最緊迫的是解毒。妳認識的那個天才學徒——」

「他叫蕭添采。方才暗衛找來後，我已經傳信給他了，讓他跟隨太醫過來打下手，免得引人注目。」謝永兒皺了皺眉，「話又說回來，妳怎麼知道我認識他？」

庾晚音：「……」

那自然是文裡寫的。

然而不等庾晚音編個解釋，謝永兒自己想通了，「妳還挺厲害的，在太醫院那裡也有眼線？我去找他開墮胎藥，妳也全程知情？還好沒跟妳鬥下去。」

庾晚音道：「謝謝。」

真相是絕對不能告訴謝永兒的。

她策反謝永兒，最初利用的就是同為穿越者的認同感。一旦發現自己竟然是紙片人，巨大衝擊之下，謝永兒的心態會如何變化，就不可預測了。

而且將心比心，庾晚音覺得如果自己是紙片人，自己也並不希望知曉這一點。自由意志都被否定，還有什麼是可以依託的？

老太醫帶著蕭添采來了。

蕭添采年方十八，氣質寧和，是個文雅少年。他跪地行禮之後，眼睛就一直往謝永兒那頭瞟，欲言又止。

老太醫流著冷汗診脈時，謝永兒想起新的注意事項，正對庾晚音竊竊私語：「圖爾關起來沒？簽訂和談書之前都不能放他自由活動，就他那只會走直線的腦子，萬一夏侯泊的人接觸到他，承諾他同時弄死皇帝和燕王……」

「放心吧，已經關了。」

蕭添采的目光從上到下掠過夏侯澹周身，見他昏迷不醒，旁邊似乎也無人主事，便小心翼翼湊到謝永兒旁邊，「謝妃娘娘，可否借一步說話？」

兩人走出一段，來到無人處，蕭添采將聲音壓到最低，暗含期待地問：「娘娘是想讓他活還是死？」

在他頭頂房梁上，暗衛的匕首已經出鞘了。

謝永兒：？

謝永兒忙道：「讓他活，讓他活。」

穿越以來，她還從未如此賣力地祈願夏侯澹別死，其虔誠程度直逼圖爾與禁軍新統領。

大概夏侯澹本人也不知道，這一天會是史上為自己祈福的人數最多的一天。

蕭添采面露狐疑，彷彿在判斷她是不是被綁架了，「娘娘不是說，在這宮中活得如同困獸，只盼著端王——」

謝永兒一把捂住他的嘴，「此一時彼一時，端王在我心中已經死了！」她無法對他透露更多，短時間內又想不出什麼令人信服的說辭，將心一橫，「其實……陛下一直對我很好，是我一葉障目，未曾察覺自己的心意。」

他盯著她看了片刻，轉身道：「我明白了。」

背影似有幾分落寞。

庚晚音看原文就知道這人是被謝永兒吸引的炮灰男配之一，連他們借一步說的悄悄話都能猜個八九不離十。見蕭添采垂頭喪氣回來了，她忙露出和善的微笑，「蕭先生，現在我們都只能靠你了。」

正在準備告罪說辭的老太醫：？

蕭添采低聲對老太醫道：「恕弟子失禮。」然後越過他去細細察看夏侯澹的傷口。

蕭添采道：「陛下似是中了氣不攝血的不癒之毒，毒性至為霸道……」

庾晚音屏息凝神等他的生死判決。

蕭添采道：「……但似乎用量稀少，又或是陛下龍體強健，所以傷口已經初顯癒合之象了。」

庾晚音猛然愣住，連忙湊過去。

她先前一直不敢直視那可怖的創口，如今經他一說，才發現滲血果然慢了很多。

她瞬間如起死回生，難以置信地問：「真的？這真的不是血要流乾了嗎？」

蕭添采嘴角一抽，「陛下吉人天相，不會有事的。微臣去開個止血的方子。」

此時此刻，理應宵禁的城中，無數消息正在黑暗裡混亂地傳遞著。

太后黨在急問今日發生了什麼事，使臣團逃去哪裡，太后又是怎麼了。

端王黨在密議任務為何失敗，皇帝究竟靠什麼逃出生天，眼下的局勢該如何改變計畫。

楊鐸捷在寫給李雲錫的密信，誇夏侯澹。

孤月之下，一道身影倉皇逃竄，摸到一戶戶相熟的端王黨宅邸，卻叩不開一扇收留的後門，最後被飛來的亂箭射死在街上。

禁軍新統領毫不猶豫地砍下他的腦袋，喜悅道：「去宮中覆命，罪人趙五成已伏誅！」

按照最初的安排，後天就是欽天監定的和談吉日。到時夏侯澹若是不能到場旁觀，等於明明白白向端王透露：我罩門全開，你可以出手了。

庚晚音全身每一個細胞都叫囂著疲憊，這一口氣卻不敢鬆，趁著宮人熬藥的工夫，她又拉著謝永兒推敲一遍宮中的防衛部署，往端王鑽過空子的地方都加派了人手。

關押圖爾的地點，庚晚音沒有告訴謝永兒。

北舟正在他們腳下的地道裡看守著圖爾。地道另一端出口已經被封死，端王便是手眼通天也找不到人。

若是端王走到直接行刺那一步，地道就是他們最後的退路。

夏侯澹蒼白如紙地陷在被窩裡，人事不省，勺中的藥液全順著他的唇角滑落到枕上。

望著他緊閉的唇瓣，「讀小說破萬卷」的庾晚音明白了什麼，轉頭看向謝永兒。

謝永兒也明白了，拉走蕭添采，「我們迴避一下。」

她在偏殿安置了蕭添采，想起庾晚音也到了強弩之末，夜裡或許需要個人換班，又走了回去。正好看見庾晚音唇色紅潤，放下空的藥碗，又躍躍欲試地端起粥碗，聽見腳步聲才轉頭望過來。

謝永兒後退一步，「打擾了。妳繼續。」

夏侯澹是翌日下午醒來的。

睡得太沉太久，他一時忘了今夕是何夕，以為還沒去邶山，下意識想要坐起，隨即抽著涼氣倒回枕上。

胸口的傷處仍舊作痛，但似乎沒在流血了。他試著小幅度地動了動手臂、腿腳，除了乏力，沒有別的問題。

看來這次也死不了了。意識到這件事，他的第一個反應竟是有些疲憊。

眼角餘光掃到床邊，夏侯澹緩慢地轉過頭。

庾晚音趴在床沿，閉目枕著自己的手臂。她換了一身衣服，似乎匆匆洗過澡，長髮未束。夏侯澹伸手過去，輕輕摸了摸她的頭頂，指尖傳來潮意。她連頭髮都來不及烤乾就睡著了。

夏侯澹搖鈴喚來宮人，想讓人將她抱上床，庚晚音卻驚醒過來，迷迷糊糊道：「你怎麼樣？」

或許是因為虛弱，又或許是因為剛剛心意相通，夏侯澹看起來平和得像是沒殺過生，望向她的目光溫柔如水，簡直能讓她忘記山上那個瘋子。

「比我預想中強一點。宮裡如何了？」

「今日不上朝，對外說是你在太后處侍疾，宮門還是不讓進出。但我想唬一唬端王，所以讓人照常去布置明日的和談席位了。他那邊目前還沒什麼動靜。」

「太后呢？」

庚晚音邊往床上爬，邊嘖嘖搖頭，「據說在大吵大鬧，但連話都說不清楚了。太后黨那些臣子倒是葫蘆娃救爺爺，一個一個往這裡送，都被我打發走了。」

夏侯澹笑了，「庚姐威武。」

庚晚音往他身邊重重一躺，除了睏意已經感受不到其他，「你記得吃點東西再睡，我扛不住了，瞇一下，有事叫我……」

「嗯。」夏侯澹握住她的手，「交給我吧。」

鼻端縈繞著夏侯澹身上的藥味，緊繃的神經終於鬆弛下去，她幾天以來頭一次陷入酣甜的沉眠。

但等她再一次睜眼，身邊卻空了。

耳畔傳來隱隱約約的交談聲：「……各守分土，無相侵犯。還有互通貿易，先用絲綢、瓷器與你們換一批狐裘、香料……詳細清單在這，你先回去看看，沒問題就等明日儀式吧。」

已經入夜，燭火的光芒映在床幔上。庾晚音悄然起身，撩起床幔朝外看去，夏侯澹正與圖爾對坐，身邊站著北舟。

圖爾捏著和談書讀了讀，又放下了，「我有個問題，我要以什麼身分與夏國結盟？新的燕王嗎？到時我再帶著夏國的援軍殺回燕國，去取紮爾瓦罕的首級？這在百姓眼中與叛國何異？」

夏侯澹不緊不慢道：「當然不是，你不是紮爾瓦罕派來的使臣嗎？」

圖爾：？

夏侯澹道：「明日盟約一簽訂，我們就會將這個消息傳遍大江南北，一路散播去燕國。就說紮爾瓦罕誠意十足，為了和談竟派出了圖爾王子。夏國感念其誠心，將你奉為座上賓。如今兩國終於止戰，飽受戰火折磨的燕國百姓也會歡欣鼓舞。到時候……」

「到時候，紮爾瓦罕若是為了開戰，翻臉不認這盟約，那就是背信棄義，為君不仁？」

夏侯澹笑道：「看不出你還能一點就通。」

圖爾：？

圖爾道：「我就當你是誇我吧。以我對燕國的瞭解，到了那一步，不等我回到燕國，擁護我的人就會先與紮糴瓦罕打起來。我不想看見故土陷入內亂，要殺紮糴瓦罕，就要速戰速決。你能借我多少人？」

夏侯澹似乎比了個手勢，從庾晚音的角度看不見。

夏侯澹道：「前提是你一回去就履行契約，將貨物運到邊境與我們交換。」

圖爾沉思半晌，鄭重點頭，「可以。」

他站起身，「今晚我能睡在上頭嗎？」

「不能。」夏侯澹毫不猶豫，「地道裡有床褥，北舟陪著你，去吧。」

庾晚音聽見圖爾咬牙的咯吱聲，「士可殺不可辱！」

夏侯澹道：「那你再殺我一次？」

圖爾深吸一口氣，趴到地上，往龍床底下的入口爬去。

庾晚音慌忙閉上眼裝睡。

等圖爾與北舟都下去了，夏侯澹又捂著傷口躺回她身邊，短促地出了口氣。

庾晚音湊過去貼著他咬耳朵，「你借給他的人手，是阿白嗎？」

她的氣息熱乎乎地拂過他的耳際與脖頸。夏侯澹偏頭看了看，莫名地記起了這兩瓣嘴唇的觸感，是柔軟的，又很有彈性，像是久遠記憶中的草莓軟糖。

他突襲過去，在她唇上啄了一口，「答對了，加十分。」

庚晚音老臉一熱，裝作若無其事，「阿白一個人就行嗎？」

夏侯澹又啄了一下，「扣十分，妳要在我面前提多少次阿白？」

庚晚音：「……」

別撩了，再撩你的傷口就該裂了。

庚晚音翻了個身背對著他，「睡吧，明早之前儘量多睡，有利於傷口恢復。」

夏侯澹卻不肯閉嘴：「妳不餓嗎？」

「我……睡眠不足沒食欲，我讓他們文火燉了粥，等夜裡醒了再去吃。」

「嗯。」

庚晚音在昏暗中睜開眼，望著床幔，「說起來，我有件事問你。」

在她看不見的地方，夏侯澹的身體僵直了。他沒有忘記，自己說過要對她坦白一件事。當時他還以為那會是自己的遺言。

庚晚音道：「你怎麼會知道珊依的匕首長什麼樣？」

夏侯澹：「……」

他聽見自己的聲音，熟能生巧、全自動化地蹦出喉頭：「調查過。當年替她收屍的宮人說的。」

「那……」

夏侯澹的指甲嵌入了掌心。

「那你在享殿裡認出圖爾之後，應該立即與他對質呀，說不定還能免去山上那場惡戰。」

似乎過了格外漫長的幾秒，夏侯澹接話了：「當時他殺紅了眼，對我的性命勢在必得，這種沒有物證的一面之詞，他聽不進去的。」

「但是後來——」

「後來他功虧一簣，內心不願接受落敗。我給了他新的復仇對像、新的人生目標，他自然願意相信了。」

靜夜中，夏侯澹涼涼的語聲裡帶了一絲嘲弄：「妳叫不醒一個裝睡的人，但可以把他餓醒。」

庾晚音嘆了口氣，「他殺了汪昭，我不願意同情他。但他跟珊依的故事也挺令人難過的。這世道，活著都是僥倖，能相守在一起更是奢求了。」

「我們不會的。」

庾晚音笑了笑，翻身回來鉤住他的手臂——本想熊抱的，卻顧忌著他那莫名的接觸恐懼症，只能循序漸進了。

夏侯澹這次沒有應激反應。或許是太虛弱了，折騰不動。但庾晚音總覺得自己享受到了特殊待遇，滿意了，「某種意義上，還得感謝這件事，否則我們這彎再繞下去，哪天一不小心死了，都沒來得及好好談一場戀愛。」

「戀愛……」夏侯澹無意識地重複。

她又有點不好意思，「罪過，我終究還是戀愛腦了。實在是見過生死無常，讓人突然有了今朝有酒今朝醉的衝動。」

夏侯澹不吭聲了。

庾晚音得不到回應，有點尷尬，碰了碰他，「你沒有一點同感嗎？哦，對了，你上山前好像立了個 flag[2]，是要告訴我什麼事？」

「……妳不是還睏著嗎？先睡吧，改天再說。」

這日清晨天光熹微時，大夏的朝臣們已經頂著秋涼站在正殿外，等待早朝了。他們似乎比平時到得更早一些，卻無人開口寒暄。

沉默之中，一陣陰風吹過。

人群隱隱站成了兩撥，兩邊還偷眼打量對方。

看神態，太后黨是縮著脖子，人人自危；端王黨則是滿目戒備，如臨大敵。

當然也有個別例外，比如木雲。

木雲在縮著脖子的同時滿目戒備。

2 Flag：在這裡有「不祥的訊號」的意思。網路流行語，「立 flag」指說一句話或做一件事，為下面要發生的事做了鋪墊。

他是端王安插在太后黨裡的臥底，此時承受的是雙份的焦慮。

從前天到昨天，全城戒嚴，宮裡更是封閉得密不透風，無人進出。禁軍臨時換了新統領後，昨日在皇城內巡查了整整五遍，嚇得商戶早早收攤，百姓連出門都不敢。

是頭豬都能嗅聞到變天的節奏了。

木雲知道事情辦砸了——他把圖爾放去山上，圖爾卻沒能乾脆俐落地除去夏侯澹和太后。

從探子口中，他聽說邶山上運下來的死屍堆成一座小山，又被連夜匆匆掩埋。侍衛、燕國人、端王增派的援手，幾乎無人生還。

那場不祥的暴雨中究竟發生了什麼事？

皇帝和太后活下來了嗎？怎麼活下來的？

木雲不是沒有努力將功補過。昨天一整天，他裝作擔心太后的樣子，幾次三番託人放行，想進宮求見，卻都被攔下了。宮中對外宣稱，太后突發疾病，需要靜養。

不僅如此，皇帝自己也整整一日沒有露面。

木雲在端王面前絞盡腦汁分析：「多半是兩個人都受了重傷，性命垂危。殿下正可以趁此機會放手一搏，別讓他們中任何一方緩過這口氣啊！」

話音未落，探子報來了新消息：「宮裡照常在大殿上布置了席位，說是陛下有旨，明日早朝時跟燕國使臣簽訂和談書。」

木雲：「……」

木雲腦中一片空白。

夏侯澹放出這消息，彷彿在昭告天下一句話：贏的是朕。

皇帝若是無礙，為何不見人？

還有，哪裡來的燕國使臣？燕國人不是來行刺的嗎？不是死絕了嗎？夏侯澹打算從哪裡變出個使臣團？就算找人假扮，燕國不認，這盟約又有何用處？

與苦大仇深的胥堯不同，木雲是天生的謀士。他享受躲在暗處蜘蛛結網的過程，樂於欣賞獵物落網時還不明白發生了什麼事的驚愕與絕望。

有生以來第一次，他覺得這回的獵物竟是他自己。

夏侯泊當時笑了笑，有商有量地問他：「明天早朝，你說我該到場嗎？」

木雲頭皮發麻，「這……皇帝也許只是在故布疑陣，裝作無事，想拖住殿下。」

夏侯泊望著他，「萬一他真的無事呢？」

木雲：「……」

能從邶山全身而退，這瘋皇帝手上握著什麼深不可測的底牌嗎？

沒人能確定他現在的狀況。如果他傷情危重，端王大可以徐徐收網，送他賓天。但反過來說，如果他真的沒事，那收拾完太后，他轉手就該對付端王了。

木雲額上滲出些冷汗，「殿下不必太過擔憂，皇帝這些年裝瘋賣傻，不得人心，就算暗中培養過勢力，在朝中也根基未穩。現在他名義上控制了禁軍，可禁軍內部各自為營，若是真走到短兵相接那一步……並沒有太大勝算。」

端王麾下養了許多精銳私兵，又與武將們交好，就算沒有實際兵權，登高一呼也應者雲集。戰鬥力上，皇帝確實比不過。

夏侯泊點了點頭，「所以如果夏侯澹有腦子，想對我下手就會速戰速決，殺我一個猝不及防——而最好的機會，或許就是明日早朝了。你說對不對？」

那雙淡定的眸子又朝他平平掃來，彷彿真的在徵詢他的意見。

我完了，木雲心想。

以端王的縝密與多疑，自己辦砸了邶山之事，怕是被視為叛徒了。而叛徒的下場，他已經從胥堯身上見識過了。

事到如今，要怎麼做才能保命？

木雲在太后黨面前偽裝了多年結巴，頭一回真正地犯了口吃：「那……那殿上或……或許有詐……又或許沒有。」

他面紅耳赤，險些當場跪下求饒。

夏侯泊卻沒發作，也沒再為難他，甚至溫聲安慰了一句：「別太自責，你盡力了。」

他自行拿定了主意，「局勢不明，我就先稱病不出吧。」

殿門外，大臣們很快發覺端王缺席。

端王黨臉色都不好看。夏侯泊本人不來，氣勢上就輸了一截。

原以為幹倒太后就大功告成了，沒想到這麼多年，竟讓皇帝在他們眼皮底下悶聲發大財了。

端王黨恨得牙癢癢，早已暗下決心，等下上朝要死死盯住皇帝的一舉一動，就像群狼盯緊衰老的首領，只消對方露出一絲虛弱的跡象，便會一擁而上，咬斷他的脖子。

遠處傳來淨鞭三聲。

殿門大開。

夏侯澹閒庭信步似的走到龍椅前坐下，神色跟平日上朝時沒什麼差別——百無聊賴。

直到俯視眾臣行禮時，他突然露出一絲譏笑。彷彿被他們臉上的表情娛樂到了，無聲地放了個嘲諷。

眾臣：「……」

這笑容轉瞬即逝，他隨即憂心忡忡道：「母后突發疾病，朕實在寢食難安。唯有儘快定下盟約，消弭戰禍，才能將這喜事告於榻前，使她寬心。」

眾臣：「……」

你是怕她死得不夠快啊。

夏侯澹抬了抬手指，侍立於一旁的安賢開口唱道：「宣燕國使臣！」

燕國使臣緩步入殿。

木雲回頭一看，整個人都木了。

圖爾已經扯了絡腮胡，穿上代表王子身分的華貴裘衣，高大英武，走路帶風。他身後象徵性地跟了一隊從者，是夏侯澹臨時找人假扮的，因為真從者都死絕了。

除去極少數知情者，大臣們一看他的裝束就瞳孔地震，竊竊私語聲四起：「那不會是……」

圖爾越過眾人，朝夏侯澹躬身一禮，「燕國王子圖爾，見過大夏皇帝陛下！」

大臣們瘋了。

圖爾頂著幾十道顫抖的目光，大馬金刀地坐到和談席上。

負責簽盟書的禮部尚書也隨之上前，渾身僵硬，半晌才囁嚅道：「沒想到圖爾王子會白龍魚服，親自前來。」

圖爾偏過頭，隔著層層玉階與夏侯澹對視了一眼。

他此時是真正孤身一人，眾叛親離，身陷他國，四面楚歌。幸虧是個久經沙場的老狗，坐在那竟也穩如泰山，撐起了檯面，「實不相瞞，我是奉燕王之令前來，但先前隱藏身分是我擅自做主。我與夏國打過許多仗，卻從未真正踏上夏國的土地，看一看這裡的禮教與民風。」

夏侯澹和顏悅色道：「哦？那你此番觀察結果如何？」

圖爾道：「皇帝陛下在千秋宴上秉公持正，還我等清白。想來上行下效，主聖臣直，兩國的盟約定能長長久久。」

他睜眼說瞎話，滿堂臣子無一人敢嗆聲。

一方面是塵埃落定，再出頭也沒用了；另一方面，此時人人都是泥菩薩過江，自身難保，哪還管得了燕國是戰是和？

他們只從夏侯澹和圖爾的一唱一和中聽出一句潛臺詞：贏的是朕。

禮部尚書麻木道：「燕王與圖爾王子有此誠心，令人感佩。」

夏侯澹道：「開始吧。」

安賢便舉起和談書，當堂朗誦了起來：「上天有好生之德，一戎而倒載干戈……」

夏侯澹坐得很直。

他只能這樣坐著——他的胸前還纏著厚厚的紗布，為防傷口重新開裂，緊緊地裹了一圈又一圈，讓他的上半身幾乎無法活動。

早上出發之前，庾晚音幫他化了個裸妝，遮擋住了慘白的臉色。

然後她就匆匆離去了，要確認宮中的防衛、太后的情況、端王的異動。

庾晚音離開後，夏侯澹起身試著走了幾步路，問：「明顯嗎？」

北舟道：「太明顯了。你現在路都走不穩，而且一開口，傻子都能聽出你氣虛。聽叔的，還是再緩幾天……」

「緩不了了，夜長夢多。」

為了幫他爭取到一天的恢復時間，庚晚音幾乎在一夜間挑起了大梁。她像他預想中一樣勇敢，一樣果斷，可他沒有忘記，她也受了傷、殺了人，目睹了堪稱人間煉獄的慘狀。放到現代，她需要的是毛毯和心理醫生。

可他給不了。

他能做的只是不讓她的努力白費。

夏侯澹喚來蕭添采，「有沒有什麼猛藥，能在短時間內提神提氣的那種？」

北舟怒道：「不行！你知道你流了多少血嗎？不靜養也就罷了，再用虎狼之方，你還要不要命了！」

夏侯澹只望著蕭添采，「有，還是沒有？」

蕭添采猶豫道：「有是有，但正如北嬤嬤所言……」

夏侯澹道：「呈上來。」

北舟直到他出門都沒理過他。

安賢繼續念：「……各守分土，無相侵犯，謹守盟約，福澤萬民。」

落針可聞的大殿上，雙方按照流程蓋下了官印。

盟約達成。圖爾抬起頭，一字一句道：「願兩國之間，從此不再有生靈塗炭，家破人亡。」

就在這一刻，和談成功的消息飛出了皇宮，藉著文書、密信、民間歌謠，以最快的速度傳出都城，遍及大江南北，最終傳入了燕國百姓耳中。

一個月後，燕王紮𤏸瓦罕會勃然大怒，將圖爾打為叛國賊子。至於和談書，那是賊子圖爾冒充使臣團，與夏國私自簽訂的，每一條盟約都置先祖的榮耀於不顧。他決然不認，還要割下圖爾的腦袋祭天，平息先祖的怒火。

趁著圖爾還未歸來，他會搶先一步圍剿一批圖爾的心腹。

餘下的圖爾擁躉會在沉默中爆發，斥責紮𤏸瓦罕背信棄義，為君不仁，陷百姓於戰亂。他們迅速集結兵馬，要擁立圖爾為新的燕王。

兩個月後，圖爾會帶著夏侯潽借他的人手殺回燕國，與己方勢力裡應外合。混戰持續數月，最後以紮𤏸瓦罕身死告終。

與此同時，圖爾會遵照約定，與大夏互通貿易。邊塞之地商賈雲集，漸漸有了物阜民安的繁華風貌。

即將隨著大批狐裘、香料一道運入大夏的，還有一車車燕黍。

此時的朝堂上，夏侯潽垂眸望去，透過圖爾，望見了含恨而亡的珊依，也望見了客死他鄉的汪昭。

目之所及，死去的人與活著的人，每一個都仰視著自己。他們在等待他開口。

他開口了：「朕年少時，尚未認清這個世界那會兒，做過一些扶危濟世的美夢。以為自己批批奏摺、下下決策，就能讓這國祚綿延，每一塊田地都豐收，每一戶人家都興旺。」

他迎著眾人的目光笑了笑，「後來那些年裡發生的事，諸位也都看見了。」

眾臣從未聽過他如此冷靜的聲音，他們從話音裡聽出外音：不演了，攤牌了。

這個開場白，是打算秋後算帳了啊！太后黨中那幾個熱衷於唬弄皇帝的文臣，此刻已經雙腿發軟，眼神飄向四周門窗，估算跑路的可能性。

夏侯澹能感覺到藥效在退去，胸口那股暖流逐漸消失，四肢百骸又變得僵冷乏力。腦袋裡熟悉的疼痛也回來了，拉著他的神志沉沉下墜。

他提了口氣，「有人說殺人安人，殺之可也；以戰止戰，雖戰可也。但坐在這張龍椅上，每一個罪人都是朕的子民。八荒之間，四海之半，所有的苦難都是朕的責任。還要用多少屍骨來安邦，多少殺孽來興國，朕不知曉，卻不可不知曉。這張龍椅於朕而言，便如荊棘做成。」

所有人都聽傻了。

夏侯澹道：「朕本不該在此。但既然坐上來了，想是天地間自有浩然之道。天生民而立之君，年少時發過的宏願，朕至今不曾稍忘。」

他的目光從一個個太后黨臉上掃過，又坦然望向端王黨。有一瞬間，木雲與他的視線相撞，雙眸彷彿被火炙烤，倉促地躲開了。

這皇帝的眼神還跟從前一樣陰鷙，卻又有什麼變了。說這席話時，他眼中的孤絕之意倒似是金剛怒目，自有天意加持，令人惶然生畏。

在這玄妙的一刻，有幾個敏感的臣子心中閃過一個天人感應般的念頭——或許世上是有真龍天子的。

夏侯澹收回目光，最後一笑，「幸而有眾位愛卿，吾道不孤。」

人群埋首下去，山呼萬歲。

皇帝這段話裡隱約藏著句潛臺詞：既往不咎，此後順我者昌，逆我者亡。

第十七章　風波初定

這天晚些時候，木雲混在一群同僚間，終於見到了太后。

他們幾乎不敢相認。

幾天前還正當盛年、雍容華貴的女人，此時口眼歪斜地倚在榻上，見到木雲，她整張臉都脹紫了，口齒不清地喊了起來，依稀是個「死」字。

木雲哭喪著臉跪下去，啪啪地掌自己的嘴，「臣該……該……該死！臣沒……沒料到那圖爾如……如此狡猾，竟與端王狼……狼狽為奸，躲……躲開了追捕……」

太后哪會讓他自搧幾個巴掌就混過去，恨得雙目暴突，還在嚷嚷著「死」。

跪了一地的臣子全部假裝聽不懂，喃喃地勸她鳳體要緊，寬心息怒。就連平日最得她信任的大宮女都一臉木然地立在一旁。

大宮女見到太后「中風」後口涎橫流的模樣，就知道大勢已去。

說來也巧，多年以前，那個威嚴的老太后就是中風後沒過多久就離世了。再往前，夏侯澹的生母慈貞皇后也是這樣早逝的。

這一次與那幾次的中風，因由是否一樣，大宮女不敢細想，也沒心思再猜，她此時只想著太后一倒，自己要做什麼才能保住這條小命。

太后扯著嗓子嚷嚷了半天，最後帶上了哭腔，喊的內容也變了，似乎是「救命」。空氣中泛起一股異味，她失禁了。

幾個臣子擠出幾句寬慰之言，勸她好生將養，便逃也似的倉皇告退。

走出宮門，幾人面面相覷，都是苦不堪言。

有人壓低聲音，暗含希望道：「聽陛下今日早朝說的話，似乎沒有清算的意思。他還有端王這麼個勁敵，想在朝中站穩腳跟，便需要培養自己的勢力……」

「你的意思是，他會拉攏我們？」

木雲半邊臉還高高腫著，聞言在心中冷笑一聲，擺出一臉誇張的畏懼表情，「趕……趕緊辭官吧。皇帝連……連弒母都不怕！」

另一個臣子愣了愣，「你說的也對，那一位遠非仁主，現在不清算是因為我們還有用，等他滅了端王之後呢？與其等他兔死狗烹，不如趁早告老辭官，才是真的保命之道啊。」

於是眾人各存心思，分道揚鑣。至於有幾人跑路、幾人找夏侯澹投誠，便只有天知道。

木雲不知道自己這番表現有沒有被端王的探子查到。他希望探子能如實彙報給端王，好讓自己洗清叛徒的嫌疑。

事情發展似乎如他所願，端王重新召見了他，還透露給他一則新情報：「我派人上邶山查看過了。享殿裡留下了幾個碗大的坑洞，不知是什麼武器打出來的。皇帝能逃出生天，應該是留了一手。」

木雲忙不迭出主意：「既然如此，不宜正面交戰，只能攻其不備，讓他來不及反擊。殿下還記得先前商量過的那個計畫嗎？」

夏侯泊沉默。

沉默就代表他記得，但還在猶豫。

木雲道：「殿下，此事宜早不宜遲，萬萬不能放任他坐大啊。」

端王為了名正言順，籌謀了這麼多年，想要藉圖爾之刀殺人卻又失敗，現在已經被逼到了不得不親自動手的境地。即使成功奪權，也落了個千古罪名。

木雲知道他在擔心什麼，「當然，咱們必須師出有名。我近日先派人在民間散播流言，說那場雷雨是因為皇帝弒母，蒼天降下警示。過些時日再照那個計畫行動，正好還有個呼應，百姓只會覺得暴君死有餘辜。」

良久，夏侯泊輕輕點了點頭。

滿朝文武惶惶不可終日的同時，被他們視作魔王出世的夏侯澹正在床上躺屍。

蕭添采開的猛藥只夠他撐到下朝，藥性一消就被打回了原形。

這一天冷得出奇，連日秋雨過後，寒風從北方帶來了入冬的氣息。北舟忙進忙出，指揮著宮人燒起地龍、更換羅衾，就是不理夏侯潽本人。

等餘人退下，他又自顧自地整頓起暗衛。

夏侯潽陷在被窩裡半死不活，「北叔。」

「……」

「北叔，給點水。」

「啪」的一聲，北舟冷著臉將一杯熱水擱到床邊，動作過大，還濺出了幾滴。

夏侯潽：「……」

庾晚音對外還得做戲做全套，表現得對情況一無所知。

出門之後，她被其他驚恐的妃嬪拉到一起，竊竊私語八卦了一番。又跟著她們到太后的寢殿外兜了一圈，請安未遂；到皇帝的寢殿外探頭探腦，被侍衛勸退。

一整套過場走完，她已經冷到感覺不到自己的腳趾了，搓著手念出最後一句臺詞：「看來是打探不出什麼消息了，咱們先散了吧。」

結果被一個小美人挽住了胳膊。

小美人巧笑倩兮，「庾妃姐姐不用急，最晚今夜就該聽到了。」

庾晚音道：「啊？」

一群人心照不宣地笑起來。又有人挽住她另一邊胳膊，悄聲道：「姐姐，太后病倒，現在沒人送避子湯了，正好加把勁留個龍種呀。」

「對對，我前日學了個時興的牡丹妝，可以為姐姐化上。」

「說什麼呢，庾妃妹妹容顏極盛，再去濃妝豔抹反而折損美貌！上次花朝宴上，那謝妃處心積慮塗脂抹粉，在妹妹面前不也像個笑話一般？倒是我這薔薇露不錯，妹妹妳聞……」

庾晚音：「……」

她想起來了，邶山之變發生前，這邊的宮鬥戲碼應該是剛演到自己復寵。呼風喚雨的太后倒了，不僅前朝在地震，連帶著後宮也得抖三抖。

於是庾晚音搖身一變，成了重點巴結對象。

挽著她的小美人，父兄都是太后黨，自己從前又依附於淑妃，跟著踩過庾晚音。如今急得花容憔悴，生怕庾晚音一朝得勢，吹枕邊風報復自己，甚而累及娘家，所以忙不迭過來示好。

卻也有頭鐵的，覺得庾晚音小人得志，陰陽怪氣地勸了句：「那聖心一向易變，依我看，妹妹還是悠著點為好呢。」

庾晚音又想起來了，這原本似乎是一篇宮鬥文。

可她到現在也沒記全她們的名字。

禍國妖妃庾晚音面對著神態各異的眾人，醞釀了半天，憋出一句：「我覺得吧，這宮裡歷來比相貌、比家世，氣氛不太友好。」

眾妃：？

庾晚音道：「而且古來後宮平均壽命太短了，這種局面對大家都不利啊。我倒有個提案，以後可以引進一下乒乓什麼的，把競技精神發揮在有意義的地方，友誼第一，比賽第二，提高身體素質，關照精神健康。」

死寂。

半晌，挽著她的小美人問：「『乒乓』是什麼？」

等眾人散去，庾晚音又從地道折回夏侯澹的床底下。

剛探頭就被撲面而來的暖意撞得一激靈。

地龍燒得內室溫暖如春，頭頂傳來夏侯澹低低的說話聲：「……太醫不行的話你頂上，最好讓太后撐滿一個月。」

蕭添采道：「臣盡力而為。」

謝永兒的聲音響起：「我能問問為什麼嗎？」她語帶恨意，還記著太后的打胎之仇。

夏侯澹道：「不能。」

庾晚音趴在床底陷入沉思。

太后黨這兩天遞上來的摺子能把御書房埋了，討饒投誠的、告老辭官的、趁機告狀剷除異己的，堪稱群魔亂舞。夏侯澹全都仔仔細細地讀了，還預定分批召見他們。

現在回頭分析，她才想明白夏侯澹當時沒殺太后，還有另一層目的：留一個緩衝期，將太后的勢力平穩接手過來。

有端王這個大敵當前，己方勢單力薄，當務之急是在短時間內壯大隊伍。而此時最容易拉攏的盟友，正是那些即將失去利益的既得利益者——兵敗如山倒的太后黨。

此時妄動他們，是殺敵一千自損八百，平白給端王做嫁衣裳。那理想中的肅清朝野，只能留到日後徐徐圖之。

庾晚音雖然沒有親自跟那些臣子打過交道，但看過文中的描寫。那群人對著夏侯澹連哄帶騙、陽奉陰違，對外卻又打著皇帝的名號層層剝削、中飽私囊，種種陰招從未收斂過。僅僅作為旁觀者，她都恨不得快轉到秋後算帳。

但夏侯澹忍下來了。

無論是在邶山上命懸一線之際，還是現在聲威大震之時，他做出的所有選擇，仔細一想竟然都是最優解。

論心性，論眼界，都可以算是個優秀的帝王了。

——或許優秀得有點過頭了。

誰能相信這只是個剛穿來一年的演員？

謝永兒沉默了一陣子，後知後覺地品出了其中門道，嘀咕了一句：「狠人。」

對別人狠，對自己更狠。

夏侯澹道：「太后黨裡哪幾個是端王的臥底？」

謝永兒：「……」

夏侯澹道：「別猶豫了，回頭列個清單，老實交上來。妳已經跟我們在一根繩上了，這一波端王不死，死的就是妳，有什麼情報都主動點。」

謝永兒忍氣吞聲道：「知道了。」

蕭添采跟在謝永兒身後告退，走到無人處，腳步漸漸慢了下來，盯著謝永兒的背影。

「娘娘。」

謝永兒回頭。

半大少年欲言又止了半天，「妳不是說，被陛下的真情打動？」

夏侯澹剛才的表現，就差把「工具人」的標籤釘她腦門上了。

謝永兒望著蕭添采那不識人間疾苦的天真表情，苦笑一聲，道：「哪有那麼多人間真情。我只是臨陣倒戈，以圖苟且偷生，活到他們決出勝負罷了。」

這話說完，她自己聽著都慘澹到了難堪的地步。蕭添采愣在原地，明顯不知該如何反應了。

謝永兒撿起碎了一地的尊嚴，吸了口氣，「走了。」

身後追來一句：「等他們決出勝負……然後呢？」

謝永兒聽出他語聲中暗藏的期待。然而她這時已經意氣不再，也沒心思與任何男人周旋了。

她聳了聳肩，道：「大概是想辦法逃出去吧。」

蕭添采不吭聲了。

謝永兒茫然抬頭，望了望被殿簷切割出形狀的天空，「你說好不好笑，我一心想擁有這個天下，卻連這天下長什麼樣都還不知道呢。」

內室。

庚晚音從床底下爬了出來，「小會開完了？」

「開完了。」夏侯澹倚坐在床上。

庚晚音四肢回暖，整個人活了過來。她坐到床沿喝了口茶，皺眉望著夏侯澹，「是我的錯覺嗎，你的臉色怎麼比早上更差了？」

夏侯澹尚未回答，靠牆站著的北舟突然冷哼了一聲。

夏侯澹飛快地瞥了北舟一眼。這一眼的意思是：別告訴她我吃藥的事。

北舟更重地哼了一聲，走了。

庚晚音：？

夏侯澹道：「沒事，只是傷口癒合得比較慢。羌國的毒太厲害，能活下來都是奇跡了。」

庚晚音瞇眼打量著他，拖長了聲音：「澹總，你怎麼總有事瞞著我？」

這句話有沒有一語雙關，只有庚晚音自己知道。

夏侯澹僵硬地笑了笑，「哪有。」

不知不覺，庚晚音發現自己已經能從他的表情甚至眼神中看出許多門道來了。

昨日他剛從鬼門關回來，精神狀態卻出奇地平和。但現在，他那雙濃墨繪就的眼瞳又晦暗了下去，似乎在無聲地忍耐著什麼。

庚晚音道：「你頭又疼了？」

夏侯澹：「……」

夏侯澹問：「妳怎麼知道？」

「我知道的可比你想像中多。」

庚晚音沒能等到預想中的反應。夏侯澹根本不接招，裝傻充愣地一笑，「不愧是妳。」

庚晚音釣魚失敗，只得放棄這個話題，「躺下，幫你揉一揉。」

其實按摩並不能緩解他的頭痛，但他喜歡這個提議，欣然將腦袋湊了過去。庚晚音搓熱掌指，熟練地按上他的太陽穴，「閉眼。」

夏侯澹依言闔上眼假寐。

窗外風聲呼嘯，襯得室內越發靜謐。

不知過了多久，夏侯澹輕聲開口：「妳還好嗎？」

「我？」

「山上死的那些人——」他閉著眼，似乎在斟酌措辭，「他們無論如何都會死的。就算完成了任務，也會被端王滅口。所以，他們的死不是妳的錯。」

庚晚音的動作慢了下來。

她有點啼笑皆非，「你在幫我做心理疏導？」

夏侯澹睜眼望著她，那眼神說不出是什麼意思。

「咱明明經歷了一樣的事啊，要疏導也該互相疏導。」她輕輕拍了拍他的額頭，「也不是你的錯。」

夏侯澹仍舊不錯眼地盯著她，久到庚晚音開始覺得莫名其妙。

她摸了摸自己的臉，「有東西？」

「沒有。」夏侯澹終於移開目光，「身上有點香。」

「香？」庚晚音低頭嗅了嗅，笑了，「你那些好妃子幫我灑的薔薇露。」

「為什麼要幫妳灑？」

庚晚音想起那句「加把勁留個龍種」，老臉一熱，「不為什麼。」

「說啊。」

「頭不疼了？那我先走了。」

夏侯澹連忙扯住她的裙擺，「別別別，我不問了……」

暗衛捧著密信趕到門口時，看到的就是這樣一幕：重傷在床的皇帝，在用生命跟妖妃玩一些拉拉扯扯的遊戲。

暗衛腳下一頓，正要原路退下，夏侯澹卻瞥見了人影，「何事？」

庾晚音連忙站直了。

暗衛道：「白先生有信。」

庾晚音道：「阿白？」

暗衛呈上信件，詫異地看了庾晚音一眼，見她毫無迴避之意，而夏侯澹竟也沒趕她，不禁腹誹。他專門負責為夏侯澹傳信，每次時隔月餘回宮一趟，都發現這妃子的地位又有顯著提升。

她究竟有何過人之處，能讓多年不近女色的陛下迷了心竅？

夏侯澹已經拆開了信封，抽出信紙掃了一眼。

暗衛聽見他居然向庾晚音解釋：「我讓阿白派人去幫圖爾，他回信說照辦了。」

「派人？」

「……他的江湖兄弟。」

庾晚音恍然大悟，「這就是你給阿白的任務？你許諾給圖爾的援軍，就是一群江湖中人？等等，阿白不是今年剛出師嗎，他是怎麼號召到那麼多人的？」

夏侯澹：「……」

夏侯澹語焉不詳，「他有他的法子吧。」

庾晚音道：「阿白還挺厲害。」

夏侯澹抿了抿嘴，沒接話，又將信封開口朝下抖了抖。裡面先是照例掉落下幾枚藥丸，接著是一個意料之外的東西。

一枚銀簪，雕成飛鳥振翅的樣子，末端垂落下來的卻不是穗子，而是兩根長長的羽毛。

這明顯不是送給皇帝的。

夏侯澹的嘴角沉了下去，「雲雀。」

他將簪子遞給庾晚音，「給妳的，他說妳生日快到了，這是賀禮。」

暗衛的眼都直了。這麼刺激的場面真的是他能看的嗎？當著皇帝的面，送禮給皇帝的女人？

暗衛心驚膽戰地偷看庾晚音。

庾晚音哭笑不得，「他可真不怕死。」

不是啊這位妃子，妳怎麼還有閒心管人家怕不怕死，妳自己不怕死嗎？

庾晚音將簪子拿在手裡掂了掂，見夏侯澹一臉「妳敢簪上我就殺了阿白」的表情，忙擱到一旁，勸道：「莫生氣，他對我沒那個意思，江湖人不懂規矩，拿我當朋友呢……」

夏侯澹陰沉道：「一共只相處過幾天，這就交上朋友了。」

庾晚音聞著醋味居然樂了，心想：你當初還裝什麼大氣，總算裝不下去了。

暗衛窺見她嘴邊的笑意，心梗都要發作了。

庾晚音俯下身湊到夏侯澹耳邊道：「陛下。」

夏侯澹被她吹得耳朵發癢，將頭偏到一旁。庾晚音跟個千年狐狸精似的，窮追不捨纏著他，幽幽道：「陛下……他只是我的妹妹。」

夏侯澹：「……」

暗衛：？

妳剛才說什麼？

庾晚音魔音貫耳：「他說紫色很有韻味。」

夏侯澹：「……」

夏侯澹沒憋住：「噗。」

暗衛麻木地心想：這或許就是下蠱吧。

夏侯澹躺屍了一天，字面意義上回了點血，第二天終於能勉強起床，立即人模狗樣地出去跟太后黨打機鋒了。

庾晚音睡了個久違的懶覺，起床後熟能生巧地換了男裝，帶著暗衛低調出宮，確認無人盯梢後，默默出了城門。

都城郊外的墓地上新增了一座石碑，碑前的土坑還未填上，旁邊停著一口空蕩蕩的棺槨。

庾晚音下車時，眼前已有數人等候：李雲錫、楊鐸捷、爾嵐，還有一對素未謀面的老夫婦。

寒風比昨日更凜冽，吹得眾人袍袖飄蕩。那對老夫婦身形佝僂，互相攙扶著，望向眾人的雙目浮腫無神，似乎雖然張著眼，卻並未注意到身處何處。直到庾晚音上前，那老婦人才略微抬起頭來，囁嚅道：「諸位……都是我兒的同僚？」

為避開端王的眼線，所有人出城前都喬裝打扮過，也不能自報真名。就連這座碑上刻的，都只是汪昭入朝時用的化名。

楊鐸捷上前道：「伯父、伯母，我們都是汪兄的至交好友，來送他一程。」

其實要說好友也算不上。

汪昭這人像個小老頭，平時說話字斟句酌，沉穩到了沉悶的地步，沒見他與誰交過心。何況他入朝不久後，就隻身遠赴燕國了。

老夫婦聞言卻很欣慰，「好、好，至少有這麼多朋友送他。」

老夫婦顫顫巍巍地打開隨身的包袱，將一摞衣物放入棺槨，擺成人形。

侍衛開始填土的時候，庾晚音鼻尖一涼，她抬頭望去，天空中飄下了今年的第一場雪。

李雲錫今早咬牙掏錢買了壺好酒，此時取出來斟滿了一杯，唱道：「湛湛江水兮上有楓，目極千里兮傷春心。魂兮歸來，魂兮歸來！哀江南……」

老夫婦在他沙啞而蒼涼的吟唱中悲號起來。

庾晚音站在一旁默默聽著，突然想起很久以前的某一天，自己用大白嗓哼小曲，被汪昭聽見了。汪昭當時糾結了半天，點評了一句：「娘娘唱出了民生多艱。」

那就是他們唯一的交集了。

汪昭是怎樣的人、生平抱負是什麼、有沒有過心上人、臨死望著夏國的方向想些什麼，她一概不知。

只知道天涯路遠，青塚無名。

李雲錫唱完，將杯中酒傾灑到塚前，道：「汪兄，霄漢為帳，山川為堂，日月為炬，草木為梁，你已回家了。」

餘人也接過酒壺，依次相酬。

李雲錫最後又倒了一杯，「這是岑兄託我敬你的。」

庾晚音將地方留給老夫婦哀悼，示意幾個臣子走到一旁。

她低聲問：「岑堇天怎麼了？」

李雲錫道：「不太好。」他嘆了口氣，「昨日聽說燕黍有著落了，他還很高興，約了今天來送汪兄的。今天卻起不了身了。」

庚晚音回宮時，夏侯澹已經見完了兩撥人，還帶回一則新聞：「庚少卿在想方設法遞話給妳。」

庚晚音神思不屬，「庚少卿是誰？」

「……妳爹。」

「啊，差點忘了。」

「大概是在端王手下混得不好，看我這裡有戲，想抱妳的大腿求個新出路。這人在原作裡就是個路人甲吧？要不然給他個……」夏侯澹語聲一頓。

庚晚音望向他。

夏侯澹問：「妳哭過？」

「沒有。」庚晚音的眼眶確實是乾燥的。她忘了自己多久沒哭過了。

她說了岑堇天的事。

夏侯澹提醒道：「他原本就是要病死的。」

「但原作裡他至少活到了夏天，旱災來了才死。」

「那是因為他以為能看見豐收，吊著一口氣呢。現在他知道有旱災，也知道百姓能挺過旱災，不就沒掛念了。」夏侯澹語聲平靜，「對他來說是ＨＥ[3]了。」

庚晚音有些氣悶。

3 HE，Happy Ending 的縮寫，大團圓結局。

她想說這怎麼能算ＨＥ呢，他們當初明明許諾，要讓岑堇天活著看見河清海晏、時和歲豐。然而在用這句話換取他的效忠時，他們就心知肚明，時間多半是來不及的，這願景註定只能是個願景。

但她還沒出口，夏侯澹卻像是預料到了她的臺詞，用一種教導孩子般的口氣說：「晚音，千萬不能忘了他們是紙片人，記住這一點，否則妳會被壓垮的。」

當那蒼涼的歌聲和悲號還縈繞在耳際時，「紙片人」這個詞就顯得格外刺耳了。

庾晚音脫口而出：「你在邶山上聽見汪昭的死訊時，不是這個反應啊。」

夏侯澹的眼神有剎那的沉寂，「所以我也得提醒自己。」

庾晚音啞口無言。

夏侯澹似乎認為話題自動結束了，「最近外頭很危險，不要再出宮了。想探望岑堇天，可以派人去。哦，對了，要召妳爹進宮來見嗎？」

「不見。」庾晚音深吸一口氣，「我不見他，他就永遠是個紙片人。」

夏侯澹：「……」

夏侯澹忽然記起，自己曾經向她保證過，她永遠都不需要改變。是他食言了。

他不想看她痛苦，所以試圖剝奪她感知痛苦的權利。

過了好幾秒，夏侯澹輕聲問：「晚上吃小火鍋嗎？」

「……啊？」

夏侯澹笑了笑，「妳不是一直想湊齊三個人，吃小火鍋、打牌嗎？現在有謝永兒了，我把北叔也拉來，咱們可以教他打牌。」

庾晚音強迫自己從情緒中走出來，「你傷口還沒好呢，不能吃辣吧？」

「可以做鴛鴦鍋。」夏侯澹對小火鍋有種她不能理解的執念。

天黑得很快，宮燈暗淡的暖光照出紛紛揚揚的白雪。

庾晚音去偏殿找謝永兒了。為防端王滅口，謝永兒現在對外稱病不出，其實一直獨自躲在夏侯澹的偏殿裡，整日裡連個說話的人都沒有。

夏侯澹跟著走到庭院中，揮退了撐傘的宮人，轉頭望向北舟所在的房門，腳步卻遲遲沒動。

不知過了多久，他拂去肩上的落雪，上前敲了敲門，「叔，吃火鍋嗎？」

門開了，北舟面無表情地看著他。

當朝暴君低眉順眼，「別生氣了，當時吃藥也是別無他法。」

北舟無聲地嘆了口氣。

夏侯澹道：「……叔。」

頭頂一重，北舟在他腦袋上按了一下，「我說過，你是南兒的孩子，就是我的孩子。

叔在這世上無親無故，費盡力氣護你周全，可不是為了什麼家國天下。你再為這勞什子皇位多折一次壽，叔就把你綁著帶走，丟去天涯海角度過餘生，聽懂了嗎？走吧。」

北舟不等他回答，自行走了。

夏侯澹還低著頭站在門邊。

庾晚音穿來的時間太短，還沒見過足夠的生離與死別，不明白他人的善，最終都是灼身的火。

小火鍋咕嘟作響，北舟吃得直抽氣。

庾晚音招呼謝永兒：「站著幹什麼？幫忙下鍋。」

謝永兒還是茫然的。她沒想到自己穿來之後第一次吃上火鍋，竟是在這種情況下。她面前的狗男女已經自顧自地聊了起來，似乎在交流今天的新情報。

夏侯澹道：「民間已經有傳言了，說太后是我害的，那場雷雨是對我為君無道的天罰。」

庾晚音道：「好傢伙，端王黨散播的流言吧？這是要打輿論戰的節奏啊。不要蔥，謝謝。」

夏侯澹道：「也可能是殘餘的太后黨。蝦滑要下紅鍋嗎？」

北舟抬頭插言：「誰在傳這些，我去抓一個宰了，殺一儆百如何？」

「不行。」庾晚音和謝永兒異口同聲。

庾晚音：？

資深追星女謝永兒道：「輿論戰我懂啊，封口只會適得其反。要用魔法打敗魔法，你也找些人去街頭巷尾，說端王不仁不義，派人去邶山暗殺你和太后，幸而你是真龍天子，洪福齊天，天降九九八十一道閃電，劈死了所有刺客。」

夏侯澹沉默了一下道：「有點浮誇。」

庾晚音贊同道：「確實。」

「百姓不怕浮誇，魚腹藏書他們都信，越浮誇傳得越廣。」謝永兒侃侃而談，「夏侯泊一直不反，你們知道為什麼嗎？他這人其實一直堅信自己是天降正義、大夏救星，所以執著於師出有名。現在這些流言，聽上去是他逼不得已要親自動手了，其實是在做鋪墊呢。」

「啪啪啪」，庾晚音鼓起了掌。

「永兒，端王能折騰這麼多回合，原來都是因為有妳撐著。」

謝永兒不太自在地笑了笑，「他段位比我高多了。」

「那是因為妳心中有情，妳比他像個人！」

夏侯澹沉吟：「既然如此，我們也不能無緣無故突襲他，否則弒母加弒兄的罪名扣下來，日後朝中人心不穩。」

庚晚音道：「按照胥堯書中所記，有兩種刺殺你的方案，都是在太后死後的。一個在靈堂裡，一個在出殯時。但如今局勢變了這麼多，端王會選哪種，又或是都不選，我也說不好。我覺得應該先針對這兩個方向做好防備，端王那邊也派人盯緊了，一旦他有異動，我們就能抓個現行，名正言順地把他辦了。」

提到胥堯的書，謝永兒的耳朵動了動，抬頭望向庚晚音，「說起來——」

「怎麼？」

「妳上次告訴我，胥堯記錄的計畫，跟我最初的提議都有些出入。」謝永兒越說越慢，「但妳是怎麼知道……」

妳是怎麼知道我最初的提議的呢？我明明只告訴了夏侯泊一個人，難道以他那完美反派的做派，竟會轉頭說給妳聽？

當時她被突如其來的衝擊攪亂了思緒，沒想到這一節。這幾天情緒逐漸平復後，這個問題一次次地浮上心頭，又被她一次次地壓下去。

她不確定自己是不是真想知道答案。

庚晚音飛快地與夏侯澹對視了一眼，神情如常，拍了拍她，「也是胥堯倒戈後告訴我的。妳那些提議，端王都找胥堯商量過。」

「啊。」

內心深處，謝永兒覺得這個解釋也有牽強之處。但如果不是端王，也不是胥堯，難道庾晚音還真開了天眼嗎？

——天眼。

謝永兒忽然有種奇怪的感覺：不該再順著這個方向尋覓下去了，否則最終找到的，不會是自己喜歡的真相。

肩上一緊，庾晚音攬住了她，「妹妹，男人這種東西，天涯何處無芳草，回頭我們去別處找。」

夏侯澹莫名其妙地看了庾晚音一眼。

夏侯澹問：「這也是妳的妹妹？」

在某人的有意控制下，太后的病情反反覆覆，吊著不少人的心上上下下。直到整個太醫院輪番請罪了一遍，事實終於逐漸明朗：她是真的好不起來了。

就在這數日之間，太后黨樹倒猢猻散。幾個出頭的被褫了，一批辭官的獲准了，剩下的囫圇併入了皇帝麾下，連官職都沒什麼變動。

那些空出來的位子，被新人填補了。

爾嵐和李雲錫都升了職。

楊鐸捷終於揮淚告別欽天監，轉頭敲鑼打鼓入了吏部。

許多平日裡被各部壓在底層悶頭幹活的小官吏，此番都被悄然提了上去。

一切發生得無聲無息，甚至因為過於平靜，讓人少了幾分風暴過境的實感。

為此，渾水摸魚的炮灰們還在感慨皇帝走了狗屎運，那些入局最深的聰明人卻已經生出幾分膽寒。

他們感受不到風暴，是因為風暴都被扼殺在青之末。

先前只知道端王是個人物，現在才驚覺，原來還有更狠的在上頭。

單看誰升官、誰丟命，就能發現皇帝裝了這麼多年瞎，其實看得比誰都清楚。他像一條最劇毒、最狡詐的蛇，在有十足把握前可以徹底僵死，任人踢打踩踏都絕不動彈。但等你瞧見他露出獠牙，你就已經是個死人了。

於是恐懼的更恐懼，膽大的卻生出了別的心思。

朝中不乏恃才之輩，只是在這烏煙瘴氣中熬到今天，基本都心灰意冷了。此時太后一倒，風向隨之一變，他們隱約嗅到了大展宏圖的希望。

甚至連端王黨中都有幾個冒險跑來找皇帝投誠的。他們以前哀嘆生不逢明主，只能將希望寄託在端王身上，等著他取而代之。如今一看，倒也不用費這個周章。

就這樣，隨著太后黨的消失，朝中多出了一批擁皇黨。

木雲急了。

木雲一心要保住在端王手下的地位，混在太后黨中找皇帝磕了頭、表了態，轉頭就忙不迭地吩咐手下，加大力度傳播流言，務必讓暴君無道的形象深入人心。

他為端王幹了這麼多年髒活，自認為熟能生巧，天衣無縫。結果忙完一天剛回家，等待他的卻是一道聖旨。

夏侯澹隨便找了個罪名，將他革職查辦了。

木雲大驚失色，想破腦袋也沒明白自己在何處露出了馬腳。直到聽說端王手下的其他臥底也被一鍋端得乾乾淨淨，他才恍然大悟——有人把名單列給夏侯澹了。

「謝——永——兒！」木雲將這幾個字咀嚼出了血味。

與此同時，端王黨正在進行這個月的第十八次緊急會議。

臣子們著急上火，千方百計暗示端王該動手了，皇帝在飛速成長，晚一天動手就少一分勝算。

夏侯泊面上一派莊嚴，優雅的眉目間隱現憂愁，「陛下雖然為君有過，畢竟仍是本王的親生兄弟。他不仁，我卻不可不義。正所謂得道多助，失道寡助，我若與他一樣不擇手段，又怎麼對得起諸位的拳拳之心？」

臣子們熱淚盈眶：「殿下！」

夏侯泊溫聲勸慰：「諸位務必少安毋燥，多行不義必自斃，要相信他的因果報應很快就來了。」

夏侯泊送走臣子們，大門一關，喚來死士：「按照計畫去布置。」

死士道：「殿下，聽說謝妃已經倒戈，她又常能未卜先知，會不會將我們的計畫也報給皇帝？」

夏侯泊微笑道：「以前她出的主意，我在實行時都會改變一些小小的細節，她並不能察覺。這次也一樣，我會在計畫當日，臨時讓你們去多辦一件小事。」

他揮退眾人，低頭拉開床頭的暗格，取出一個繡工粗糙的香囊，捏在修長的手指間晃蕩兩下。

如果謝永兒真有天眼，就會發現他手中把玩的香囊，並不是自己所繡。

庾晚音打了個噴嚏。

她正在翻奏摺。

夏侯澹最近拖著尚未痊癒的傷口，成日撐出生龍活虎的樣子與人周旋，往往一回寢殿就直接躺下了。庚晚音為了減少他的工作量，坐在床邊一封封翻奏摺，一目十行地掃過去，總結道：「章太傅歌功頌德了三百字，重點是誇了句自己的姪子。」

夏侯澹道：「呸，他姪子是個智障，晾著吧。」

庚晚音將它丟到「不重要」的那一堆，又翻到下一封，笑了，「李雲錫的。」

自從朝中開始變動，她就沒見過李雲錫等人了。

夏侯澹不再與他們私下接觸，還特別告誡幾人，眼下正值多事之秋，少與人議論皇帝，更別讓自己成為擁皇黨裡的出頭鳥。

李雲錫已經在朝堂中摸爬滾打了一些時候，也懂了些好歹。收到夏侯澹的告誡，他奇跡般地領會了用意：皇帝對勝利並無絕對把握。萬一最後贏的是端王，皇帝也要儘量保住這一批臣子，確保端王得勢後不因記恨而毀了他們。

李雲錫感動得潸然淚下，卻又不能進宮謝恩，最後洋洋灑灑寫了張陳情表，恨不得磕出點血塗上去。

庚晚音看得直樂，「有幾個字都糊了，不會是邊哭邊寫的吧哈哈哈……」

笑聲戛然而止。

夏侯澹轉頭望向她：「怎麼了？」

庚晚音盯著奏摺，「他說岑堇天快不行了，想再見你一面。」

耳邊傳來窸窸窣窣的聲音，夏侯澹坐了起來，正視著她，「我現在不能出宮。」

「我知道，那我——」

「妳也不能去。我那天就說了，外面不太平。」

庾晚音急了，「我剛想起來，我可以帶蕭添采去看他啊，就算治不好他，哪怕讓他走得舒服點呢？當初是我們讓他入朝的！」

「那讓蕭添采自己去，妳別去。」

「蕭添采這人只跟謝永兒一條心，對你我可是挺有意見的，萬一他唬弄我們……」

「晚音，」夏侯澹打斷了她，語氣是從未有過的強硬，「別去。岑堇天有什麼遺言，可以讓人轉達。」

庾晚音不認識般愣愣地看著他，半晌才輕聲問：「你想讓他也在死前望著皇宮的方向嗎？」

有床幔遮擋，夏侯澹的臉龐隱在陰影中，蒼白而模糊，讓她突然回憶起了初見之時，自己得知他身分之前的恐懼。

他的語氣也像那時一樣疲憊，「等我下了地獄再還他的債。」

庾晚音還是出了宮。

傍晚，趁著夏侯澹召見別人，她帶上蕭添采與暗衛，熟門熟路地溜了出去。暗衛早已習慣她在宮中為所欲為，根本沒想過她這次竟是抗旨。

他們照常確認了無人尾隨，庾晚音擔心夏侯澹發現後派人來追，催著馬車直奔岑堇天的私宅。

那片熟悉的試驗田已經被積雪掩埋，看不出作物的模樣。

出來迎客的是一個出乎她意料的人——爾嵐。

爾嵐見過庾晚音男裝，一眼認出了她，「娘娘，岑兄病重，又無親友在身邊，我來幫忙。」

庾晚音顧不上寒暄，忙把蕭添采推了進去，「讓他幫岑大人看看。」

蕭添采不情不願地搭上了病人的脈。

岑堇天費力地撐開眼簾，望見庾晚音。他面現急切，略去所有虛禮，用僅存的力氣道：「娘娘，燕黍在各種田地的耕種之法，我已寫入冊中……」

爾嵐將冊子遞給她。

岑堇天曾說過這玩意需要兩三年才能試驗出來，不知他用了什麼法子，竟趕出來了。

庾晚音鄭重道：「放心吧，圖爾答應了一到燕國就將貨物運來，開中法也在照常實行，開春時全國的農戶都會種上燕黍。」

岑堇天道：「倉廩……」

庾晚音道：「戶部檢查過各地倉廩儲備了，旱災一來，怎麼調劑賑災都已有數。等到旱災過去，還會讓各地照著你的冊子調整作物種類。」

「陛下……」

「陛下一切安好。他很掛念你，無奈身不能至，讓我代勞。」庚晚音張口就來，「他讓你好好養病，等明年田裡的燕黍成熟時，咱們一起去看。」

岑堇天面露微笑，慢慢頷首。

蕭添采診完了脈，回身將庚晚音拉出了屋，低聲道：「沉屙難愈，應該是出生就帶了惡疾，拖到現在，已經無力回天了。」

庚晚音心中一緊，還不肯放棄希望，疑心他沒有使出全力，又不知該如何求他，只能深深躬身，「蕭先生。」

蕭添采大驚：「娘娘使不得！」

庚晚音道：「屋中那位，是所有大夏百姓的恩人，求蕭先生讓他多活一些時日，哪怕看到一次豐收也好。」

蕭添采沉思了片刻，道：「只是多活幾個月的話，或許有法子。」

庚晚音正要高興，又聽他道：「但我有個條件。」

「什麼？」

「我見陛下對娘娘甚是信任，等他解決了端王，娘娘能不能在陛下面前美言幾句，讓他放謝妃自由離開？」

庚晚音：「……」

她肅然起敬，「蕭先生真是情深似海。」

斯文少年被這用詞噎了一下，尷尬得手腳都不知往哪擺，「不是那個意思！我只是見她鬱鬱寡歡，心中……算了，娘娘就說行不行吧。」

「行，當然行，別說放走謝永兒，就是把你一起放走也行，你們可以紅塵做伴活得瀟瀟灑灑，策馬奔騰共擁人世繁華。」

蕭添采道：「……我並不……」

蕭添采道：「謝娘娘。」

蕭添采去開藥方了。

庚晚音望著那片積雪的田地，聽見身後靠近的腳步聲，微微偏了偏頭，「蕭先生很厲害，應該能讓他多活幾個月。」

爾嵐道：「嗯。」

她們同時陷入沉默，並肩望著空曠的雪地。

庚晚音小聲問：「岑大人知道妳是女兒身嗎？」

這是她第一次說破這個事實。

爾嵐平靜地搖搖頭，「他只當我是好友。」她自嘲一笑，「他都這樣了，何必再讓他平添煩惱呢。」

庚晚音聽出來什麼，有些震驚，「妳對他——」

爾嵐沒有否認，「我的心思是我自己的事。」

她察覺了庾晚音的難過，笑著摸了摸後者的頭。

爾嵐生得高挑，眉目間暗含英氣，扮作疏闊男兒也毫不違和。此時低低說話，才顯出女兒音色：「我生於商賈人家，幼時有神童之名，過目不忘。父母家境殷實，也就隨我跟著兄弟一道念書。長到十五歲，我才發現身為女子，讀再多聖賢書都沒用，我還是得嫁給一個木訥男人……」

庾晚音愣了愣，沒想到她還結過婚。

但轉念一想，爾嵐看上去有二十五六，放在這個時代，再過幾年都能當奶奶了。

爾嵐道：「後來男人死了，我在家中守寡，成了左鄰右舍的談資。他們這一天若是沒別的可聊，就聊我是不是又穿得太俏、多看了哪個男人一眼。終於有一天深夜，我跳入了河中，想著如果不能游到對岸，就死在河裡。」

「我游過去了。於是我繼續往前走，再也沒有回頭。走啊走啊，到了都城，遇到了你們，入了戶部，幹了好多事……」

她深吸一口冰涼的空氣，「等到局勢穩定，四海清平，也就到了我退隱之時吧。」

庾晚音明知故問：「為什麼？」

「妳能看出我是女人，別人遲早也能看出。與其等到那時被人參本，不如急流勇退，再尋一處山清水秀的地方度過餘生。有此一遭，我終於也算活過愛過，再無遺憾。」

爾嵐轉頭看著庾晚音，「其實，汪兄、岑兄一定也不遺憾。所以不要傷懷了，晚音。」

第十八章　封后

蕭添采要留下煎藥，庚晚音卻怕夏侯澹著急，便將他留在岑堇天處，自己先回宮了。

——也幸好她如此決定。

馬車行到半路，窗外傳來暗衛的聲音：「娘娘，後頭有人尾隨上來了。」

「是陛下派的人嗎？」這是庚晚音的第一個反應。

暗衛道：「不是。來者不善，咱們得快點回去。」

馬車驟然提速，疾馳一陣，又猛然急停。庚晚音整個人向前撲去，撞上了車廂木壁。

窗外傳來紛亂打鬥聲，暗衛低叱道：「刺客！」

馬嘶聲。

來人在混戰中砍斷了車軔，受驚的馬匹絕塵而去，將庚晚音的馬車留在包圍圈中。

車廂一陣搖晃，庚晚音勉強穩住身形，摸了摸藏在袖中的槍，抬手將車簾掀開一角朝外窺探。

天色已經昏暗下來，街上的百姓早就逃了個乾淨。來者有十餘人，蓬頭垢面似是地痞，然而與訓練有素的暗衛纏鬥在一起，竟完全不落下風，還堵住她所有逃跑的路徑。

是衝著她來的。

她失算了，帶的人手也遠遠不夠，沒想到對方會囂張到明目張膽當街殺人。

自己如果死在這裡，夏侯澹會是什麼反應？

暗衛寡不敵眾，一時不防，讓人越過防衛躥上了馬車。來人砍倒車夫，「唰」地撕扯下簾布，縱身躍上車廂，瞧見庾晚音，舉刀便朝她砍來！

庾晚音腦中一片空白，反射性將手縮入袖中握住了槍——

對方的身形凝滯了一瞬，眼珠子朝下一轉，目光隨著她的手部移動——

庾晚音已經抽出槍來，對準了他的腦門——

就在這千鈞一髮之際，她詭異地頓住了。

不對。

她這一頓，對方竟也隨之一僵，甚至半途收刀橫於胸前，那是個下意識的防衛動作。

不對！

這個念頭尚未完全成形，她的身體反應卻比腦子更快，像是從數次死裡逃生中練就了玄妙的本能，肌肉死死繃緊，硬生生止住了扣動扳機的動作。

下一秒，破空之聲傳來，那人胸口透出一枚染血的箭頭。

庾晚音的槍重新滑入袖中。

面前的刺客雙目暴突地瞪著她，搖晃一下，倒了下去。

他這一倒，車廂門口再無遮擋。庾晚音喘息未定，看清了車外站著的人。

夏侯泊一身白衣，長髮半束，玉樹臨風地立在街上，手中穩穩握著一張雕弓。顯然剛才那一箭就是他射出的。

夏侯泊也看清了車廂裡的人。

她做男裝打扮，兩手空空，嚇得面色慘白。

四目相對，只一個眼神，庾晚音就知道端王已經透過這層偽裝識出了她——或者不如說，他早在出手之前就知道車裡是她。

夏侯泊聲音安定：「何方狂徒目無王法，竟敢當街傷人？」他吩咐手下，「全部抓起來，將車上那屍身也拖下去，莫讓這位公子受驚。」

他的手下領命助戰，幫著庾晚音的暗衛，三下五除二解決了那群「狂徒」。接著走到車前拖走了屍體，又恭恭敬敬將庾晚音扶了下來。

庾晚音道：「……多謝端王殿下相救。」

夏侯泊故作不識，笑道：「妳認得本王？俗話說救人救到底，公子的馬車壞了，眼下天色已晚，不若讓本王載妳一程。」

哦，原來如此。

庾晚音腦中那個閃電般冒出的念頭，到此時終於轉完了。

方才那個刺客的表現，似是早就料定了她藏有武器，而且還對這武器的威力有所提防。但他怎麼可能知道她有槍？她的子彈在這世上留下的僅有的痕跡，是在邶山上，而當時她明明喬裝打扮了……

——邶山。

誰會去費心調查邶山上的痕跡？就算看見彈孔，常人頂多懷疑到夏侯澹頭上，誰會想到那痕跡可能與她一介宮妃有關？

答案就站在她眼前，正對她微微含笑。

夏侯泊指了指自己的馬車，「公子，請。」

這是一齣自導自演的大戲。殺她的和救她的，都是端王安排的人。

他們顯然不是想要她的命，否則也不用繞這麼大彎，直接砍死她就完事了。如果她沒有猜錯，整這一齣戲都是為了逼她出招自保，以便摸清她帶沒帶武器、這武器有何祕密。

端王在試探她，也是在試探夏侯澹的底牌。

但到目前為止，他沒能試出來。

庾晚音笑了笑，「那就有勞殿下了。」

她飛快地與暗衛交換一個眼神，用眼色示意他們不要妄動，便從容登上了端王的車。

馬車徐徐起步，夏侯泊坐在庾晚音身旁，笑問：「公子家在何處？」

「殿下說笑了。」庾晚音直接攤牌，「請送晚音回宮吧。」

夏侯泊便也不裝了，「晚音沒受傷真是萬幸，還好我恰巧在附近，聽見動靜及時趕到。」他關切地看著她，「最近城裡亂得很，妳怎會在這時跑出宮來？」

庾晚音道：「……有個臣子生了病，正巧我家中有個未出閣的幼妹心繫於他，託我去相看。我便以探病為由，對陛下說想要出宮。他最近不知為何對我甚好，便答應了。」

隱瞞是沒有用的，對方能跟蹤她至此，就能查出她到過何處。她只能在言語間將岑堇天說得輕描淡寫。

夏侯泊捕捉到關鍵字，「妳對他這麼說……其實卻不然嗎？」

從剛才開始，庾晚音心裡一直有個疑點：夏侯泊完全可以迅速殺了她，再從她的屍身上尋找他要的答案。但他寧願背刺幾個手下，也沒動她。

剛才那一幕發生在大街上，還拖了這麼久時間，夏侯澹肯定已經聽說了，說不定已經派人追來。這輛馬車如此顯眼，想悄然將她綁去別處也不太可能。這麼說來，夏侯泊居然是真的打算將她毫髮無損地送回宮中。

為什麼？

庾晚音若是不瞭解夏侯泊的本性，對著他溫情脈脈的眼神，很難不想歪。但她太清楚此人是個什麼貨色了。

首先排除他對自己動了真心的選項。

她在心中迅速分析：她和夏侯澹只要出了寢殿大門，就一直持之以恆地演著追妻火葬場的戲碼，夏侯澹多有忍讓，而她若即若離。也就是說，在普通宮人眼裡，他們的關係並沒有那麼密切。

寢殿內部不知經過了多少輪血洗，剩下的都是不會洩密的人。

如果夏侯泊真的知道她的「天眼」幫了夏侯澹多少，還會多此一舉來試探嗎？

所以，他不知道。他說不定甚至還沒放棄拉攏自己。

思及此，庚晚音緩緩露出憂愁的神色，「其實，我只是在宮裡待不下去了，想出來勘察路線，準備日後找機會逃出城去。」

夏侯泊微微抬眉，「陛下不是妳的良人嗎？」

庚晚音苦笑道：「他喜歡的是我，還是我那時靈時不靈的天眼，想必殿下心中也明白。你們神仙打架，我等小鬼遭殃。事到如今，我對良人已經沒了念想，只想跳出這處龍潭虎穴，安度餘生罷了。」

夏侯泊詫異地望著她，「我心中明白？」他的眼中閃過一絲怒意，「我與他並不相同。晚音，妳這麼害怕，為什麼從不找我呢？」

庚晚音：「……」

那個錯誤選項蠢蠢欲動地冒出一個頭，被她再度重重壓下去。

這演技，擱現代也能拿個影帝了。就是不知道夏侯澹跟他對戲的話誰會贏。

夏侯澹……夏侯澹現在在做什麼？他會不會沉不住氣，派人攔下端王的馬車？如今局勢危如累卵，任何一點火星都可能提前點燃戰火，而他們還沒做好布置……

庚晚音用指尖掐了一下自己的掌心。她要穩住夏侯泊。

她閉了閉眼，在影帝面前兢兢業業地祭出了畢生演技，愁腸百結道：「晚音在殿下面前，自知比不過謝妃。」

也不知演得怎麼樣，有沒有表現出那種對洶湧暗流一無所知、滿腦子只有戀愛的傻缺感。

夏侯泊：「……」

夏侯泊笑了，「晚音沒有用天眼看到嗎？」

庾晚音問：「看到什麼？」

她等著對方說「謝永兒背叛了我」，卻聽到了一句預想之外的臺詞：「看到我的未來。」

庾晚音：？

「謝永兒曾說，她預見我挽狂瀾於既倒，開創盛世，功標青史。」夏侯泊直視著她的眼睛，「她說的是真話嗎？」

庾晚音心中「咯噔」一聲。

死亡二選一。

她若說「是」，等於給夏侯泊白送一波士氣，還會讓自己顯得更可疑——明知道對方會贏，為何遲遲不投奔他？

她若說「不是」或者「沒看見」，夏侯泊信不信另說，她自己能不能平安下這輛車都是個問題。

夏侯泊追問：「嗯？」

庚晚音來不及細想，脫口而出：「以前確實沒有預見，只是私心向著殿下，所以才會用密信為殿下出謀劃策。近日，我倒是夢到了殿下受萬民朝拜的畫面。但在那個畫面中，殿下身旁之人並不是我。」

「哦？不是妳，難道是謝永兒？」夏侯泊似乎覺得無稽。

說謝永兒就更不對了，他現在已經視謝永兒為叛徒，一聽這話就知道是謊言。庚晚音心中為謝永兒覺得可悲，面上卻微露困惑之色，「似乎也不是謝妃。那女子長得有些像謝妃，卻更年輕。又有些像小眉，卻更端莊貌美。殿下注視那女子的眼神，是我從未肖想過的。」

這話一出口，夏侯泊不出聲了。

庚晚音回味了一下，驚覺自己竟然歪打正著交了滿分答卷。這個答案直接堵死了夏侯泊的所有下文，還合理地解釋了她先前的所作所為。

為何不接受皇帝，反而一心想逃？因為預見到了皇帝會倒。

為何明明喜歡端王，卻遲遲不找他尋求庇護？因為他的未來裡沒有她的位置。

她有武器嗎？她會幫助皇帝嗎？當然不會，她只是一條被殃及的池魚、一個可憐兮兮的炮灰。

庚晚音，行！

夏侯泊望著她，饒有興味地笑了笑。

夏侯泊道：「答得好。」

庾晚音做賊心虛，「是實話。」

「實話嗎？那只能說明妳夢錯了。」夏侯泊神色淡淡，顯出幾分倨傲，「我今生不會與哪個女子並肩。真要有一個，也只能是妳。」

庾晚音：？

那陰魂不散的錯誤選項第三次冒頭。

不會吧不會吧，這孫子不會真的動心了吧？

此事跟他的畫風格格不入，但細想之下，卻並非無跡可尋。在《穿書之惡魔寵妃》裡，他作為男主角跟謝永兒愛恨糾纏那麼多章，根本看不出原本的德行。在《東風夜放花千樹》裡，他又對庾晚音一見鍾情，愛得跟真的似的。

難道這人的角色設定裡還真有「情種」這一項？但若真有情，他又怎會對謝永兒如此殘忍？

庾晚音內心左右互搏的關頭，夏侯泊忽然執起她的手。

庾晚音觸電般掙了一下，他的五指卻驟然縮緊，習武之人的手如鐵鉗一般，讓她再無法移動分毫。

庾晚音抽了口涼氣，道：「殿下！」

「妳在發抖。」夏侯泊朝她欺近過來，聲音溫柔，「晚音，不要這樣怕我。」

「我……」庾晚音拼命穩住呼吸，「晚音只是不懂，我身上有哪一點值得殿下青眼相看。論品貌，我不及夢中那女子；論才情，我不及謝妃；至於天眼，殿下自己不也開了嗎，何況謝妃也……」

馬車行到哪裡了？按這個速度，該接近皇宮了吧？她袖中的槍會掉出來嗎？真到那一步，她有本事秒殺他嗎？

夏侯泊抬起一根手指點在她的唇上，封住了她的話語，「妳是最好的，我從一開始就知道。」

庾晚音不由自主地朝後縮，「我真的不是。」

夏侯泊窮追不捨，越來越近，與她髮絲相纏，「那陛下找的為何是妳？」

庾晚音一瞬間陷入澈底的茫然。

這句話是什麼意思？她怎麼突然跟不上了？

她的迷惘從未如此貨真價實，夏侯泊卻低低笑了起來，「別裝了，我一直等著妳，從很久很久以前……」

更準確地說，是從多年前的那個深夜，丑時。

夏侯泊靜靜隱身於樹叢陰影中，聽著不遠處的小宮女顫抖的聲音：「奴婢……奴婢在那附近的偏殿裡服侍，時常從遠處看見一道人影徘徊，又見那花叢形狀奇異，心生好奇，就挖了挖……」

她說的每一個字，都是夏侯泊教她的。

那時他是個半大少年，太子夏侯澹只是孩童。他知道夏侯澹的母后害死自己的母親，也知道自己之所以會去尚書房日日挨打受辱，是因為喜怒無常的小太子點名要一個伴。

換作尋常庶子，或許會忘記尊嚴，搖尾乞憐，只求對方放過自己。但夏侯泊生來不同。

他每天都在想著如何殺了夏侯澹。

有意觀察之下，他逐漸發現這個小太子舉止怪異，有時會如同被什麼附體了一般，認不出這世上的尋常物件，卻冒出些神神道道的怪話。但此人反應很快，剛露出一點馬腳，又會若無其事地掩蓋過去。

夏侯泊開始跟蹤小太子，發現他每天都會去一叢鐵線蓮旁邊徘徊探看。

太子走後，夏侯泊掘開泥土，挖出一張紙條。

小宮女道：「那紙條上的字形狀詭異，句意不通，奴婢以為……以為是哪個不太識字的侍衛……奴婢該死！」

靜夜中，夏侯泊聽見小太子語帶絕望，「別演了，妳是怕我害妳嗎？相信我啊，我們是同類啊。」

同類。

什麼同類？

夏侯泊沉思著，不遠處的對話還在繼續。

「我——我在這個世界只有妳了。妳真的不是？」

「不是……什麼？」

「沒什麼。這下妳知道我的祕密啦。」

夏侯泊從樹葉縫隙中安靜地望出去，看著那小宮女猛烈掙扎，逐漸力竭，最後一動也不動。

即使在成年出宮建府後，夏侯泊也從未忘記那夜的神祕對話。

皇帝身上藏著巨大的祕密。但若說他天賦異稟，卻又看不出來。他這些年始終如同困獸，被太后當作傀儡任意擺佈，還被折磨得越來越瘋。

夏侯泊推斷，他一直在找一個關鍵的「同類」。而一旦找到那個同類，皇帝會幹出什麼事呢？

夏侯泊閒時想起這個問題，會自嘲地笑笑，覺得自己疑心太重。皇帝八成只是腦子有病而已。

直到那一天，他在宮宴上發現夏侯澹身邊多了一個寵妃，豔若桃李，顧盼生輝。

庾家小姐入宮之前，他見過，逗弄過，轉頭就忘了。

但宮宴上那個目光銳利的女人，莫名讓他覺得陌生。就像是脫胎換骨，又像……被什麼附體了一般。

冥冥之中他有種感覺，她跟夏侯澹，確實是同類。

有那麼一時半刻，夏侯泊感受到了消沉。他自幼多智，幾經磋磨而越戰越勇，始終堅信自己終將站上頂端，坐擁萬里河山、日月星辰。庾晚音的出現就像一個不祥的訊號，他尚未破解其意，卻本能地心下一沉。

接著謝永兒接近他，堅定不移地告訴他，自己能未卜先知，而他才是天選之子，問鼎天下只是遲早的事。

夏侯泊對這個預言很滿意，因為他本就是這樣想的。但聽著她的話，他腦中浮現出一個猜想。間接找到一些證據後，他私下約見了庾晚音，拿話詐她：「妳究竟是誰？陛下是誰、謝永兒是誰？」

庾晚音的反應證實了他的猜想：他們三個還真是同類。

從那之後，他心中就多了一個結。

同是開了天眼的人，謝永兒對他死心塌地，庾晚音卻遲遲沒有離開皇帝。這兩個女人看似旗鼓相當，但夏侯泊沒有忘記，皇帝一開始選擇的是庾晚音。

從七歲那年被宮人拽著耳朵罵「命賤」開始，任何廉價的次品都只會讓他作嘔。

她才是最好的。

他要的都是最好的。

此刻，庾晚音的纖纖細頸就在他鼻端咫尺之距，看上去如此脆弱，他幾乎能瞧見血管跳動。她咬緊了牙關，就像先前數次見面時一樣，眼中滿是恐懼和防備。

「晚音，」夏侯泊用耳語的音量說，「給妳最後一次機會。站到我的身邊來，一切都是妳的。」

庾晚音像凍僵了般紋絲不動。

夏侯泊低下頭，在她的頸項上輕啄了一記，「如何？」

下一秒，馬車停了下來。

他的手下在窗外道：「殿下，前路被數十名禁軍堵了。但他們並未亮出武器。」

夏侯泊輕嘲道：「陛下來討人了。」

庾晚音道：「……我被當街突襲，他派人來也是情理之中。」她瞥了他抓著自己的手一眼，用上了息事寧人的語氣，「殿下，今日的對話，我下車後便會忘記，不會與人提及的。」

夏侯泊被她用眼神提醒，卻故作不知，仍舊不鬆手，「哦？這麼說來，是不考慮我了？」

車外，遠處有人朗聲道：「見過端王殿下。殿下可是救下了庾妃娘娘？」似是禁軍的聲音，在催他把人送下車。

庾晚音楚楚可憐地望著他，「晚音身如飄萍，能得殿下真心相待，怎會不感動？但眼下禁軍在外，實在不是說這些的好時機，殿下若是不嫌棄，回頭咱們繼續用密信交流，可好？」

夏侯泊一根根地鬆開了手指，溫柔道：「好。妳多加小心。」

他當先下車，又回身撩開車簾，彬彬有禮地將她請下，對那領頭的禁軍道：「刁民行刺，幸而本王路過，倒是有驚無險。」

對方也不撕破臉，說了一番場面話，便帶著庾晚音回宮了。

夏侯泊站在原地，望著他們的背影湮沒於黑暗，目光漸漸冷了下來。

他的手下湊過去低聲彙報：「方才殿下射中的那人救回來了。」

夏侯泊問：「他看到什麼了嗎？」

手下道：「庾妃袖中藏有機關，前所未見，觀其形態似能發出暗器。」

夏侯泊站在夜風中沉默了一陣子。

良久，他自言自語般道：「既然這是她的選擇，那也只能成全她。」

手下道：「殿下？」

夏侯泊回身走向馬車，留下一句吩咐：「派人送信給幾位將軍吧，咱們要準備開始了。」

庚晚音在走進宮門的前一刻，腦中轉著的還是夏侯泊的奇怪話語。

「『那陛下找的為何是妳』……」她低聲重複了一遍，還是沒咂摸出其中真意。夏侯澹何時找過她，還被端王看到了？

宮門一開，她的思緒隨之一空。

夏侯澹面無表情地盯著她。昏暗燈火中，他的眉目完全藏進了陰影，只能看清緊抿的嘴唇。

庚晚音的心虛愧疚一下子浮了上來，忙小跑過去，「我錯了，我不該……」

距離拉近，她看清了他的眼神，語聲隨之一滯，背上的汗毛豎了起來。

夏侯澹一把攥住她的手腕，扯著她朝宮裡走。

他握住的正是剛才被端王捏過的地方。庚晚音吃痛，反射性地一掙。

夏侯澹停了下來。

他慢慢回頭，先是看向她，足足過了幾秒，才很艱難地扯開自己的目光，投向她身後負傷歸來的暗衛。

鴉雀無聲的寂靜中，他的嗓音如鋒刃破冰：「都埋了吧。」

庚晚音在走下端王馬車後，已經自動進入了劫後餘生模式，連超負荷運轉的大腦都暫時待機了，她這時怔在原地，甚至沒反應過來他指的是誰。

接著就見禁軍應聲上前，拿住那幾個暗衛，粗暴地按著他們跪到地上。

那是幾個受了傷都一聲不吭的漢子，此時也不高呼求饒，只是沉默著磕頭謝罪。

庚晚音：！！！

她大驚失色：「等等！不關他們的事——」

夏侯澹聽也不聽，猛然一扯，庚晚音踉蹌著被他扯向寢殿的方向，惶急道：「陛下……陛下！」她壓低聲音，語速飛快，「是我一定要跑出去的，他們不知道你的禁令，錯的是我，不要濫殺無辜……」

夏侯澹怪笑一聲。

庚晚音掙扎著回頭去看，暗衛已經被拖走了。

庚晚音渾身發冷，轉頭去看他的側臉。

他大步流星走得太快，挑燈的宮人都被甩在後面。黑暗中只見他髮絲散亂，狀若癲狂。

這不是她認識的夏侯澹。

有那麼一瞬間，她幾乎疑心自己熟悉的那個人又穿走了。他的靈魂離開這具軀體，留在她面前的是原裝的暴君，生殺予奪，狠戾無情。

她不由自主地發起抖來，「……澹總？」

夏侯澹沒有反應。

還是他嗎？庚晚音顧不上其他，只想救人，「我們只有那麼多暗衛，已經失去了大半，他們可是原作裡為你而死的人啊！」

夏侯澹道：「端王怎麼找到妳的？」

這句話問得沒頭沒尾，混亂之中，庚晚音過了兩秒才明白他言下之意，「肯定是他的探子在滿城搜尋，不可能是暗衛洩露的。暗衛裡如果有內奸，端王早就會知道我們有槍，還有更多更大的祕密，你我早就不戰而敗了！」

夏侯澹不為所動，「這種情勢下帶妳出宮，與內奸何異？」

庚晚音：「……」

庚晚音後知後覺地明白了。夏侯澹這怒火所指，並非那些暗衛，而是她自己。自己忤逆了他，背著他跑出宮去，還險些讓端王打探到己方機密，毀了大事。

但他不想殺她。

她不受過，就必須有人替她受過。

不知道從何時開始，對方連思考模式都如此契合上位者的身分了。又或者她不是沒有察覺他的轉變，只是在一次次自我安慰中視而不見罷了。

夏侯澹是她熟悉的那個世界的最後一塊碎片、最後一縷牽念。但世界早已面目全非，沒有人可以一如既往。

庚晚音深吸一口氣，跪了下去。

夏侯澹原本拖著她走路，此時她突然一跪，終於讓他放了手。

冬夜的地磚早已凍透了，一接觸膝蓋，寒氣就凶殘地侵進了皮肉。但庾晚音已經感覺不到冷了。她垂著腦袋，低聲下氣道：「此事因我一人而起，求陛下饒過暗衛，責罰臣妾。」

她只能看見夏侯澹站立不穩似的倒退了半步。

漫長的幾息之後，頭頂傳來他的聲音：「可以。」

他吩咐宮人：「將庾妃關進寢殿，落鎖。從今日起，直到朕死的那一天，都不得放她外出一步。」

庾晚音沒有抬頭，聽著他的腳步聲漸漸遠去。

宮人俯身攙起她，「娘娘，請吧。」

她如同行在雲端，茫茫然被攙進了殿門。落鎖聲在身後響起，宮人懼於夏侯澹的雷霆之怒，無人敢跟進來，鎖上門就遠遠避開了。

偌大的寢殿從未顯得如此空曠。庾晚音背靠著門扇，呆呆站著。

她腦中千頭萬緒攪成一團亂麻，一時覺出手腕鈍痛，一時擔心暗衛沒有獲救，一時又想起岑堇天等人，不知道端王會不會回頭去找他們麻煩。

夏侯澹聽說此事後，派人去保護他們了嗎？他會不會認為岑堇天左右都要死，會不會覺得一個失去價值的紙片人，死了也就死了？

以前的她不會這樣揣測他，但現在……

庾晚音回身敲門：「有人嗎？我有要事！」

喊了半天，毫無回應。

寢殿裡燃著地龍，庾晚音卻越站越冷。她走到床邊，一頭栽倒下去，鴕鳥般將臉埋進了被子底下。

就在今天早些時候，他們兩個還在這裡，你一言我一語地吐槽奏摺。

胸口彷彿破開了一個空洞，所有情緒漏了出去，以致她能感覺到的只有麻木。

不知過了多久，忽然傳來了開門聲。

她一驚而起，望向門邊，「北叔。」

北舟手中端著木盤，「我來送飯。」

庾晚音連忙跑過去揪住他，生怕他放下晚膳就走，「北叔，岑堇……」她半途改口，「蕭添采和爾嵐對陛下還有大用，端王或許會找他們麻煩……」

她的重音放在「有大用」上。

北舟聽出了她對夏侯澹的看法轉變，嘆息一聲，「禁軍辦事周全，去救妳的同時也轉移了岑堇天等人。晚音，今晚的事，是澹兒有錯。妳生死未卜那會兒，他差點瘋了。」

庾晚音愣了愣。

北舟道：「他當時下令，無論端王的馬車行到哪裡，只要妳沒有平安下車，就當場誅殺端王。那端王每次行動，暗中都不知帶了多少人手，禁軍卻是倉促集結，若真打起來了，勝負都難測。禁軍領頭的勸了一句，險些也被他埋了。」

庾晚音沉默片刻，問：「北叔，他剛才的樣子，你以前見過嗎？」

北舟想了想，道：「他那頭痛之疾妳也知道，發病時痛得狠了，就會有點控制不住。不過他怕嚇著妳，這種時候都儘量不見妳的……所以他這會兒也沒來。」

庾晚音問：「那他這種情況，是不是越來越頻繁了？」

晚膳最終一口都沒動。庾晚音縮在床上，起初只是閉眼沉思，不知何時陷入了不安的淺眠。

她做了一個怪夢。夢中的夏侯澹被開膛破肚，倒在血泊裡。凶手就站在他的屍體旁邊，面帶微笑。

那凶手明明有著與他一模一樣的面容，夢中的她卻清楚地知道，那是原作中的暴君。

暴君笑著走向她，「晚音，不認得朕了嗎？」

他說著伸出手來，將一顆血淋淋的心臟捧到她面前。

耳邊傳來細微的動靜，庾晚音猛然驚醒過來，卻忍住了睜眼的動作。剛才夢中的畫面太過清晰，就連那份恐懼都原封不動地侵襲進了現實。

除了恐懼，還有一份同等濃烈的情緒，她一時來不及分辨。

腳步聲漸近。

搖曳的燭光透過薄薄的眼簾，照出一片緋紅。

緋紅又被人影遮蔽。夏侯澹坐到床邊，低頭看著她。

庾晚音雙目緊閉，越是試圖平復心跳，這顆心就越是掙動得震耳欲聾，似乎打定了主意要出賣她。

她猜不出對方現在是什麼姿勢、什麼表情。他的瘋勁過了沒？離得這樣近，如果他再做出什麼驚人之舉，她毫無逃脫的餘地——儘管他至今沒有真的傷害過她，但剛才那狂亂的殺氣足以隔空撕碎一個人。

庾晚音暗暗咬牙。

她不願醒來，不願與他四目相對。她怕在那張熟悉的臉上看見一抹妖異而殘暴的笑，怕他眼中投映出夢中的鬼火。

時間一分一秒地過去，床邊沒有絲毫聲響傳來。

庾晚音僵持不下去了。就在她妥協睜眼之前，腕上一冷，激得她眼睫一顫。

一隻泛涼的手托起了她的手腕。燈影移近，夏侯澹似乎在查看她的皮膚。

他的指尖拂過她腕間某處。那地方已經鈍痛很久了，庾晚音反應過來，是端王鉗制她時留下的瘀青。

夏侯澹可能錯以為是自己傷到了她。因為他指尖的動作很輕，太輕了，甚至帶來些許刺癢。

接著那指尖離去，又落到了她的頸側。

那是端王啄過的地方。

庚晚音心中一緊。那王八羔子居然刻意留下了印記！

夏侯澹的手指慢了下來，仍是若即若離地與她相觸，涼意侵入了頸上的肌膚。

庚晚音連呼吸都屏住了，完全預料不到對方會是什麼反應。

黑暗籠罩下來，遮蔽了透過眼簾的微光。夏侯澹捂住她的眼睛。

他的手是冷的，嘴唇卻還溫熱。

庚晚音在他的掌心下睜開眼。

這次她不用刻意迴避，也看不見他的臉了。但這一吻中的留戀之意幾乎滿溢出來，是故人的氣息。

彷彿一場幻戲落幕，白堊製成的假面迸裂出蛛網紋，從他臉上一片片地崩落，墜下，碎成齏粉，露出其下活人的皮肉。

夏侯澹吻了片刻，沒得到回應，慢慢朝後退去。

庚晚音一把扣住他的手，用力按著它，壓在自己眼前。

她指節發白，指甲嵌進了他的手背。

夏侯澹垂眸望著她，想從露出來的半張面龐判斷她的表情，手心卻感到了潮意。

「……別哭了。」

庾晚音的淚水無聲無息地湧出，狠狠從牙縫裡擠出一句：「我也——不想——」

恍惚間她想起了方才從夢中帶出的另一份情緒，原來是憤怒。

明明下了抗爭到最後的決心，卻只能眼睜睜地看著這一片天地扯開他的胸膛，刨出他的心肝。

恨他變得太快，也恨自己力不能及。

還恨淚腺不聽使喚。

她拚命想將軟弱的淚水憋回去，憋得臉都漲紅了。

夏侯澹抽不回手，聲音帶上了一絲無措，「別哭了，是我處理得不對。暗衛沒事，誰都沒事。不會關妳的，剛才氣急說了渾話，我轉身就後悔了……晚音？」

庾晚音搖搖頭，「不是，是我不該出宮。」

她終於鬆開了他的手，坐起來面對著他，「我錯估了形勢，險些釀成大禍，還牽連了別人。」

「也沒有……」

「還害了你。」庾晚音悲從中來，「你剛才好像要撕碎什麼人，又像是自己要被撕碎了。那時候你到底到哪去了？我是不是把你又往暴君的方向推了一步？」

夏侯澹：「……」

他的三魂七魄都被這個問題搖撼得晃了幾晃。

是了，看在她眼中，原來是這麼回事。

她在苦苦阻止一樁早在十年前就發生的事，如水中撈月，傷心欲絕地挽留著一抹幻影。

所有妄念如迷障般破除，轉而又織就新的妄念。

夏侯澹毫不猶豫，結結實實地擁抱住她，「沒有。我又回來了。」

庾晚音道：「你能別再走了嗎？我不怕失敗，也不怕死，可我怕你在那之前就消失。你消失了，我好像也會很快消失，磨滅在這具殼子裡……」

「不會的，我們都在這裡。」

夏侯澹在這一刻做了最終的決定。

「無論生死，妳都有同伴，我決不會讓妳孤單一人。」

明明緊貼著彼此，這咫尺之間卻似有萬丈溝壑。一句誓言落下去，都蕩起空洞的回聲。

庾晚音不敢再想，一口咬住他的嘴唇，齒尖刺出了血珠。夏侯澹悶悶地笑了一聲，成全她，勸誘她，連血帶淚一併吞下，像妖怪品嚐一抹鮮潤豐盈的靈魂。

裂帛散落，長髮鋪展，蜿蜒過交疊的手臂。

宮燈熄滅後，月下雪光更盛。

庾晚音頂著妖妃的名頭當了這麼久尼姑，終於幹了一件妖妃該幹的事。她讓夏侯澹癒合中的傷口又滲出了一點血。

蕭添采看著夏侯澹褪去龍袍露出胸口，滿臉寫著沒脾氣。

夏侯澹道：「看傷口，別看不該看的地方。」

蕭添采還指著庾晚音兌現承諾，不敢得罪這對狗男女，「微臣這就重新包紮。」

他拆開原本的包紮，為了控制自己不去看那些斑斑印痕，恨不得把眼睛瞇成一條縫，摸索著敷了藥，又取來新的繃帶。

纏了半圈，夏侯澹一轉身，亮出了背。

蕭添采：「……」

別說，還挺有美感。

他麻木地想著，終於忍不住瞟了庾晚音一眼。

庾晚音做賊心虛地別開腦袋。

蕭添采像是被人拿刀架住了脖子，手上猛然加速，三下五除二纏緊了繃帶，這才重新開始呼吸。

他一刻都不想多待，臨走卻又想起這傷口萬一再裂，自己還得來。一時間五官糾成一團，掙扎著勸了一句：「陛下有傷在身，眼下還是……這個，靜養為主，嗯……注意節制。」

他一縮腦袋，拎著藥箱飛也似的退下了。

庾晚音：「……」

庾晚音人都快臊沒了，夏侯澹卻若無其事地起身，將中衣攏回肩上，慢條斯理地繫衣帶。

宮人都被摒退了，庾晚音低著頭走到他背後，幫他穿外袍，「那個……我當時有點緊張，一時沒收住。」

夏侯澹道：「問題不大。」

庾晚音正想趕緊把話題岔開，就見他肩膀微微聳動，「愛妃不必擔憂，這只是一次早朝遲到而已，距離從此君王不早朝還有很長的路要走。」

庾晚音：？

她老臉熱得快要起火，將外袍往他頭上一罩，「你的意思是讓我再接再厲？」

夏侯澹的笑聲悶在衣服裡，不去掀外袍，卻轉過身來摸索著牽住她，「聽愛妃聲音中氣十足，看來需要再接再厲的是朕了。」

庾晚音僵了一下，腦中掠過夜色裡凌亂的畫面，忙道：「不了不了，咱還是遵醫囑吧。」

昨夜過於失控，她到此刻腿還是軟的。要是再擦槍走火一回，就算對方傷口撐得住，她自己也撐不住了。

夏侯澹聞言笑得更厲害了。

這傢伙到底在得意什麼？

庚晚音感到又好氣又好笑，隔著衣服拍了拍他的臉，「以後不怕肌膚相親了？」

夏侯澹的笑聲低了些，停頓幾秒，輕聲道：「不怕了。」

「那就好。」庚晚音一哂，想要抽回手，為這突然嬌羞的小媳婦掀開蓋頭。夏侯澹卻仍舊虛握著她的手腕不放，指腹輕輕摩挲。

庚晚音低頭一看，是那塊瘀青。

她想起這事，忙解釋道：「這裡不是你傷的，是端王。」

她大致複述了馬車上發生的對話。

夏侯澹自己扯了外袍，笑容逐漸消失，「遮掩了那麼久，還是沒能把妳移出他的注意範圍。」

「這沒辦法，從他知道我『開天眼』的那一刻起，我在他那裡就只剩兩個結局了，要麼為他所用，要麼去死。我一直想讓他相信我是向著他的，但昨天那情景太嚇人了，不知道有沒有露出破綻……」

庚晚音皺起眉，「他如果懷疑上我，說不定會臨時更改刺殺你的計畫，以免被我用天眼預知。那我們的壓力就更大了。」

夏侯澹望著她若有所思。

庚晚音道：「算了，杞人憂天也沒用，盡人事聽天命吧。你趕緊去早朝……」

「晚音，」夏侯澹說，「既然他無論如何都會懷疑妳，不如乾脆破罐破摔吧。」

「怎麼摔？」

「我想封妳為后，擇日不如撞日，妳覺得今天如何？」

庾晚音愣了愣。

「是這樣，」夏侯澹掰著手指算給她聽，「太后黨收編得差不多了，太后也該升天了，大喪期間總不能封后吧。再之後，我跟端王必有一戰。到時若是他贏，他就需要穩固民心。妳若貴為皇后，他想動妳會多一分顧忌。」

庾晚音道：「……端王對背叛者深惡痛絕，你真相信多一個皇后之名，就能攔住他殺我嗎？」

夏侯澹一時沒有回答。

庾晚音在他的沉默中回過味來：他說的「動妳」並不是指「殺了妳」。

誰也摸不清端王的心思。但從他在馬車裡的表現來看，他若是除去了夏侯澹，也許並不會對庾晚音動殺心，而會想將她據為己有。

一介前朝宮妃，隨便找個理由換個身分，就能任他左右。

到時夏侯澹身死魂銷，能給她留下的最後一重保護，也只剩皇后這層身分了。

夏侯澹道：「不知道能有多大用處，妳就當讓我求個心安吧。行嗎？」

明明說著喪氣話，他的眼睛卻比以往任何時候都亮幾分，像從夜霧中透出一團光來。

庾妃頭天晚上還被皇帝下令軟禁，一夜過去，突然就封了后。

夏侯澹在早朝時毫無預兆地下了這道旨，滿朝文武差點一口氣沒上來——還真有一個厥過去的，是庾晚音她爹。

夏侯澹一臉大義凜然，「母后病情危重，朕心如刀割，恨不得剜肉入藥。憶及這些年中宮空懸，常使母后憂思不解。而今之計，唯有立后，使乾坤定位，滋養生息，或可助母后轉危為安。」

一言以蔽之：沖喜。

「當然，」他又補充道：「眼下朕寢食難安，庾妃更是衣不解帶，在母后榻前日夜侍疾。所以這封后大典，禮部可延後準備。」

庾少卿被抬出大殿的同時，這則爆炸性新聞火速傳遍了後宮。

庾晚音剛出門就被淹沒了。

來人的陣勢更勝從前，溜鬚的拍馬的、告饒的求情的，人人都有話說。

庾晚音默念了幾遍平心靜氣，「嗯嗯，薔薇露不錯，但不要送了，心領了……妹妹小嘴真甜，妳也好看……沒有冊封大典，太后病體未愈，不宜操辦……」

「太后一向最疼姐姐了，聽說這好消息，馬上就會好起來的！」妃嬪們眉眼彎彎，笑得跟真的似的。

庾晚音：「……」

「哦，對了，姐姐上次說的那什麼乒乓球，我們幾個試著學了些皮毛呢。」一個小美女變戲法似的亮出兩塊木拍子，又掏出一個花花綠綠的空心繡球，覷著庾晚音的臉色，「姐姐喜歡嗎？」

說著在她面前嫺熟地顛了七八下球。

庾晚音：？？？

這就是楚王好細腰的滋味嗎？

庾晚音緩緩露出平和的微笑，「好，好，很有精神。」

在這個世界混到現在，庾晚音的演技大有進步，此刻淡定自若地調用著宮鬥文臺詞庫裡的句子，心頭居然毫無違和感。

「皇后」之名像一身新衣，她穿了也就穿了，談不上痛快，卻也不至於惶恐。

也許她很快也會像夏侯澹那樣，與這具殼子融為一體，再也分不清何時在演……

庾晚音猛地一晃腦袋，把挽著她的小美女嚇了一跳。

她吸了口氣，道：「來吧，陪我打兩局。」

——《成何體統》未完待續——

高寶書版集團
gobooks.com.tw

YE 041
成何體統（中卷）

作　　者　七英俊
責任編輯　吳培禎
封面設計　張新御
內頁排版　彭立瑋
企　　劃　何嘉雯

發 行 人　朱凱蕾
出　　版　英屬維京群島商高寶國際有限公司台灣分公司
　　　　　Global Group Holdings, Ltd.
地　　址　台北市內湖區洲子街 88 號 3 樓
網　　址　gobooks.com.tw
電　　話　(02) 27992788
電　　郵　readers @ gobooks.com.tw（讀者服務部）
傳　　真　出版部 (02) 27990909　行銷部 (02) 27993088
郵政劃撥　19394552
戶　　名　英屬維京群島商高寶國際有限公司台灣分公司
發　　行　英屬維京群島商高寶國際有限公司台灣分公司
初　　版　2023 年 6 月

國家圖書館出版品預行編目 (CIP) 資料

成何體統 / 七英俊著 . -- 初版 . -- 臺北市：英屬維京群島商高寶國際有限公司臺灣分公司 , 2023.06
冊；　公分 . --

ISBN 978-986-506-755-7(上冊：平裝). --
ISBN 978-986-506-756-4(中冊：平裝). --
ISBN 978-986-506-757-1(下冊：平裝). --
ISBN 978-986-506-758-8(全套：平裝)

857.7　　112008689